DESCANSE EM PAZ

Joyce Carol Oates

DESCANSE EM PAZ

Histórias sobre os últimos dias de
Poe, Dickinson, Twain, James
e Hemingway

Tradução
Elisa Nazarian

© 2008, The Ontario Review – *Published by arrangement with* Harper Collins Publishers
Todos os direitos reservados.
Tradução para a língua portuguesa: *copyright* © 2010, Texto Editores Ltda.

Título original: *Wild nights!*

Preparação de texto: Paula Junqueira
Revisão: Tulio Kawata
Diagramação: S4 Editorial
Capa: Rita da Costa Aguiar
Imagens internas e de capa: © Bettmann/CORBIS/Corbis (DC)/Latinstock (Edgar Allan Poe, Emily Dickinson, Henry James e Ernest Hemingway); © CORBIS/Corbis (DC)/Latinstock (Mark Twain); © Maya Jakob/Corbis/Corbis (DC)/Latinstock (paisagem de fundo da capa)

DADOS INTERNACIONAIS DE CATALOGAÇÃO NA PUBLICAÇÃO (CIP-BRASIL)
Ficha catalográfica elaborada por Oficina Miríade, RJ, Brasil.

011 Oates, Joyce Carol, 1938-
    Descanse em paz : histórias sobre os últimos dias de Poe, Dickinson, Twain, James e Hemingway / Joyce Carol Oates ; tradução: Elisa Nazarian. – São Paulo : Leya, 2010.
    240 p.: il.

    Tradução de: *Wild nights!*
    ISBN 978-85-62936-44-9.

    1. Ficção americana. 2. Poe, Edgar Allan, 1809-1849. 3. Dickinson, Emily, 1830-1886. 4. Twain, Mark, 1835-1910. 5. James, Henry, 1843-1916. 6. Hemingway, Ernest, 1899-1961. I. Título.

    10-0022   CDD 813

TEXTO EDITORES LTDA.
[Uma editora do grupo Leya]
Av. Angélica, 2163 – Conj. 175/178
01227-200 – Santa Cecília – São Paulo – SP
www.leya.com

Para JOYCE e SEWARD JOHNSON

Observações

"The Fabled Light-House at Viña de Mar", "The Light-House", aqui com o título "Poe Póstumo; ou, O Farol", foi publicado, em uma versão ligeiramente diferente, em edição especial do *McSweeney's*, editado por Michael Chabon, em 2004.

"EDickinsonRepliLuxe" foi publicado no *Virginia Quarterly Review*, no outono de 2006.

"Grandpa Clemens & Angelfish, 1906", aqui com o título "Vovô Clemens & Peixe-anjo, 1906", foi publicado no *McSweeney's*, em 2006.

"The Master at St. Bartholomew's", aqui com o título "O Mestre no Hospital São Bartolomeu, 1914-1916", foi publicado em *Conjunctions*, no segundo semestre de 2007.

"Papa at Ketchum, 1961", aqui com o título "Papa em Ketchum, 1961", foi publicado na *Salmagundi*, no meio do ano de 2007.

Noites Loucas – Noites Loucas!
Se estivéssemos juntos
As Noites Loucas seriam
O nosso prazer!

Fúteis – os Ventos –
Para um Coração no porto –
Inútil a Bússola –
Inútil o Mapa!

Singrando o Éden –
Ah! O Mar!
Pudesse eu aportar – Esta Noite –
Em ti!

EMILY DICKINSON (1861)

Sumário

Poe Póstumo; ou, O Farol
15

EDickinsonRepliLuxe
49

Vovô Clemens & Peixe-anjo, 1906
85

O Mestre no Hospital São Bartolomeu,
1914-1916
143

Papa em Ketchum, 1961
191

Notas
237

DESCANSE EM PAZ

Poe Póstumo; ou, O Farol

• EDGAR ALLAN POE •
1809-1849

7 de outubro de 1849. Ah, acordar! – meu coração está cheio de esperança! É meu primeiro dia no fantástico Farol de Viña del Mar – estou animado para inaugurar meu Diário, conforme combinei com meu benfeitor, dr. Bertram Shaw. Quero mantê-lo em dia – prometi ao dr. Shaw e a mim mesmo – embora seja impossível prever o que possa acontecer a um homem completamente sozinho como eu – é preciso estar ciente disso – posso ficar doente, ou pior...

Até agora pareço estar muito entusiasmado e ansioso para começar meus afazeres no Farol. Meu espírito, há muito desanimado por uma infinidade de fatores, reviveu milagrosamente neste frescor de primavera, latitude 33ºS, longitude 11ºO, no Pacífico Sul, a cerca de trezentos quilômetros a oeste da costa rochosa do Chile, a norte de Valparaíso; com a realização de estar – finalmente, depois das pressões da sociedade da Filadélfia e da confusa recepção dada às minhas conferências sobre o Princípio Poético, em Richmond – totalmente *só*.

É preciso que esta observação conste no relatório: depois da melancolia desses dois anos, após a morte trágica e inesperada de minha adorada esposa V., e da acumulada ignomínia de meus inimigos, sem contar um assumido excesso de comportamento "desregrado" de minha parte, não há qualquer sinal de prejuízo do meu julgamento racional. Nenhum!

Neste dia agradável, tenho muito pelo que me alegrar; subi até o alto da torre, com o bom Mercury pulando e ofegando à minha frente, contemplei o mar, protegendo meus olhos ofuscados; quase fui tomado pela grandeza destes vastos espaços, não apenas por causa das águas inquietas e pela cor de lava do grande Pacífico, mas pelo majestoso céu que paira acima, que não parece ser um único céu, mas vários, de numerosas e surpreendentes formações de nuvens ligadas entre si como peles! Céu, mar, terra: ah, vida vibrante! A lanterna (que só deve ser acesa próximo ao final do entardecer) é de um tamanho enorme, não se parece com nenhuma lanterna caseira que eu já tenha visto, talvez pese vinte quilos. Vendo-a, e percorrendo-a com dedos respeitosos, sinto-me invadido por uma estranha espécie de excitação, ansioso para começar meu trabalho. "Como é que algum de vocês pode duvidar de mim?", protestei aos sisudos cavalheiros da Philadelphia Society, "Provarei a vocês que estão errados. Posteridade, seja meu juiz!".

Um único homem, que é substituído de tempos em tempos, vem operando o Farol de Viña del Mar durante toda a sua história, embora o número ideal seja dois. Certamente, sou capaz de tais manejos e responsabilidades tão simples como as que são exigidas do faroleiro, é o que espero! Graças à generosidade do dr. Shaw, estou bem provido de suprimentos, que devem durar pelos próximos seis meses, uma vez que o Farol é um baluarte impressionantemente vigoroso para resistir de fato a qualquer intempérie nesta zona temperada, semelhante às águas do Atlântico leste no cabo Hatteras. "Até que você volte para me 'resgatar', antes que comece o inverno do Sul", brinquei com o capitão do *Ariel*, um espanhol corpulento, de sobrancelhas escuras, que riu com vontade da minha tirada. Ele respondeu, com forte sotaque britânico, que navegaria nas águas do próprio Hades se a recompensa fosse considerável, como a fortuna do dr. Shaw parece ser.

8 de outubro de 1849. Neste dia – o segundo em que passo no Farol – faço meu segundo registro no Diário com mais coragem e segurança do que no primeiro dia. O sono da noite passada, embora intermitente devido aos ventos que nunca param de se insinuar pelas rachaduras e frestas do Farol, foi o mais relaxante em muitos meses. Acredito que tenha superado completamente a alucinação mórbida ou ilusão na qual em uma rua fustigada pela chuva de uma cidade desconhecida eu escorrego, caio, arrebento minha cabeça em um pavimento de pedras aguçadas *e morro*. (Sim, isso é ridículo demais. Mercury late como se estivesse rindo dos pensamentos esquisitos de seu dono.)

Ontem ao entardecer, nas horas pálidas do final do dia, cheios de entusiasmo, meu companheiro canino e eu subimos à grande lanterna para fazer o que era preciso. Ah! De fato venta muito àquela altura, um vento que suga nossa respiração como harpias invisíveis, mas resistimos ao ataque. Senti grande prazer em riscar o primeiro fósforo, levando-o até o pavio que lembrava uma língua, tão ensopado com um líquido inflamável que parecia praticamente *inalar* a chama dos meus dedos. "Agora está feito. Declaro-me guardião do Farol de Viña del Mar: que todos os navios sejam avisados das traiçoeiras rochas do litoral." Então, ri alto, por pura felicidade nervosa, enquanto Mercury latia excitadamente, concordando.

Com isso, qualquer fantasma de dúvida que possa ter acalentado por ter sido entregue ao infortúnio foi imediatamente dissipado. Reconheço, sou um desses indivíduos com o caráter um tanto fantástico e nervoso, que alimenta preocupações onde não existem como minha falecida e adorada V. observou, e, contudo, não se preocupou o suficiente com isso. "Quanto a isto, você não é diferente dos outros homens, de nossos queridos 'líderes' lá de baixo", V. admoestou suavemente. (V. se referia a meu caráter de modo afetuoso, nunca o criticando. Entre nós, que éramos ligados tanto pelo sangue, por sermos primos, quanto pelo casamento, e pela igual predileção pelas grandes obras góticas de E. T. A. Hoffmann, Heinrich von Kleist e Jean Paul Richter, tudo fluía sempre como se corresse um sangue idêntico, um humor semelhante e uma excêntrica simpatia, não percebida pelos indivíduos grosseiros que nos rodeavam.)

Mas – por que me estender nesses pensamentos dispersos, já que estou aqui, com boa saúde e bom estado de espírito, desejoso de começar o que talvez, na posteridade, venha a se chamar de *O diário do fantástico Farol de Viña del Mar*, um documento a ser colocado ao lado de estudos famosos sobre a psique humana, tais como *Meditações*, de René Descartes; *Pensamentos*, de Blaise Pascal; *Os devaneios de um caminhante solitário*, de Jean-Jacques Rousseau; e os 65 volumes de Jean Paul Richter.

Exceto: o Diário provocará uma curiosidade universal, uma vez que seu autor não será o problemático E. A. P., que em uma curta vivência acumulou um vasto lamaçal de opróbrio, mas sim um ANÔNIMO.

Agora, em uma atitude de tranquilidade satisfeita, deixei minha rotina matinal de Plotino[*] e Jeremias Gotthelf,[**] um puramente investigativo, o outro com propósito de tradução (uma vez que o gótico mestre suíço Gotthelf é praticamente desconhecido em meu país natal e quem estaria mais apto a traduzir suas ideias para o inglês do que eu?), para registrar estes pensamentos no Diário, que nunca teriam sido pensados na Filadélfia:

Inesperadamente, aos quarenta e um anos, estou feliz por finalmente ser "útil" a meus companheiros, embora eles me sejam estranhos e me ignorem totalmente, a não ser como o Guardião do Farol

---

[*] Plotino (205-270), um dos mais influentes filósofos da Antiguidade depois de Platão e Aristóteles, teve enorme influência sobre o pensamento cristão, islâmico e judaico, bem como sobre os pensadores do Renascimento. Natural do Egito, legou-nos ensinamentos em seis livros intitulados *Enéadas*, publicados trinta anos após sua morte, por seu discípulo Porfírio. (N. T.)

[**] Jeremias Gotthelf (1797-1854) é pseudônimo do escritor suíço Albert Bitzius, pastor protestante que se tornou escritor a partir do trabalho prático em sua paróquia para a redução da diferença social entre campo e cidade. Suas ideias sobre educação foram influenciadas pela doutrina de Johann Heinrich Pestalozzi, e suas histórias não são idealizações da vida no campo, mas críticas realistas. (N. T.)

de Viña del Mar. Não apenas ser útil desta maneira prática, ajudando os senhores do comércio, mas participando do experimento do dr. Shaw e assim colaborando com o conhecimento científico e, simultaneamente, realizando meu grande desejo desde a morte de V.: ficar *só*. Ah, que prazer! Plotino e Gotthelf; nenhuma companhia a não ser a de Mercury; uma tarefa tão simples que alguém com dez anos de idade poderia executá-la; mar e céu vastos a serem esquadrinhados como *figuras da arte mais fantástica*. Viver imerso na sociedade era um erro terrível para alguém do meu temperamento. Especialmente do jeito que eu era, desde os quinze anos, suscetível a baralhos, bebidas e companhias desregradas. (Segundo meu acordo com o dr. Shaw, minhas dívidas, que somavam cerca de 3.500 dólares, desapareceram como num toque de mágica!) Assim, agora tenho o privilégio de estar só, em um lugar de tal solitude que passei horas simplesmente contemplando o oceano, suas águas ilimitadas tremulando e se agitando como se tivessem pensamentos inquietos. Aqui, de fato, é o verdadeiro *reino junto ao mar*, pelo qual há tempos eu ansiava. "dr. Shaw, tenho uma dívida para com o senhor e não vou desapontá-lo, juro!"

9 de outubro de 1849. Neste dia – o meu terceiro no Farol – faço meu registro no Diário com uma sensação de certo modo confusa. Porque durante a noite, que foi de ventos turbulentos, deixando tanto o dono quanto o cão acordados, em desassossego, me veio assombrosamente, como se estivesse zombando, um eco de *solidão*. Estranho como até agora nunca reparara o quanto é agourento o som daquela palavra: *solidão*. (Minha adorada V., se ela pudesse voltar para os meus braços, eu a protegeria como não consegui fazê-lo em vida!) Em minha cama granulosa, semifantasiei que havia algum desenho perverso na composição de pedra dessas paredes afuniladas... Mas não, isto é bobagem.

Sozinho, vou ouvir como música, como se fosse o lendário *Ulalume*:* aquela melancolia tão docemente lancinante, seu efeito é o de uma dor aguda, como êxtase. *Só*, me entrego a meras sombras, como fez meu esperto Mercury, e extraio prazer em observar a vastidão do céu, tão mais afirmada no mar do que na terra. *Só*, noto a curiosidade, observada pelos mestres góticos, de que a natureza parece não passar de um *fenômeno do desejo*, da imaginação: o sol ascendendo no céu do oriente, uma visão de tal beleza, que até mesmo a mais grosseira das nuvens cúmulos fica transformada. No entanto, sem o Guardião da Luz, ou seja, "Eu" (olho),** poderia tal beleza ser revelada, e, ademais, articulada?

Vou me alegrar com isto, com a supremacia do "Eu", embora a brisa mais lânguida da tarde recenda a maresia e a coisas um tanto podres de uma praia pedregosa da ilha que ainda tenho que explorar.

15 de outubro de 1849. Desocupado, explorando o Farol e seus arredores com o querido e fiel Mercury. Nós dois estamos, com o passar do tempo, nos sentindo um pouco mais "em casa" neste estranho lugar. A bordo do *Ariel* ouvi histórias conflitantes sobre o Farol e fiquei na dúvida sobre em qual acreditar. A afirmação predominante é a de que o Farol de Viña del Mar tem uma origem desconhecida: ele foi descoberto na ilha de rochedo com metade de seu tamanho atual, construído com pedras grosseiramente talhadas e argamassa, *antes do período do domínio espanhol*. Alguns acreditam que a torre foi feita há séculos; outros, mais razoáveis, que ela deve

---

* Nome de um personagem e de uma poesia de Edgar Allan Poe. (N. T.)

** Valendo-se da semelhança de som de *I* (eu) e *Eye* (olho), a autora faz um jogo de palavras, cuja intenção se perde na tradução. (N. T.)

ter sido construída por uma tribo agora extinta de índios chilenos, que tinham conhecimento de navegação.

É verdade, a torre primitiva ainda permanece na base do Farol; a partir de seis metros, a torre é claramente "nova" – embora estejamos falando ainda de pelo menos um século. O que sei é que esta perigosíssima extensão de águas a oeste da costa do Chile, como se os traiçoeiros Andes tivessem invadido o mar, há muito ficou famosa entre os marinheiros; a necessidade de um farol é óbvia. E por isso uma estrutura tão grandiosa! – quase que se poderia dizer *sagrada*.

(No entanto, eu poderia desejar que tal religiosidade tivesse sido contrabalançada com coibição: estes degraus espiralados são intermináveis! Quase exaustivos e ainda mais vertiginosos ao descer do que ao subir! Nestes poucos dias em Viña del Mar, minhas panturrilhas e coxas estão doloridas e meu pescoço está duro por ficar estendido para ver onde estou pisando. Na verdade, escorreguei uma ou duas vezes e teria caído e arrebentado o crânio se não tivesse imediatamente me agarrado ao corrimão. Até mesmo o brincalhão Mercury fica ofegante nestes degraus! Minha primeira contagem dos degraus chegou a 190, a segunda somou 187, a terceira 191; desisti da quarta. Em princípio, a torre parece ter cerca de sessenta metros, da marca d'água inferior até o teto acima da grande lanterna. No entanto, partindo da base dentro da torre, a distância até o topo vai além de sessenta metros – porque o chão fica seis metros abaixo da superfície do mar, mesmo em maré baixa. Parece-me que a cavidade interior da base deveria ter sido preenchida com pedras e argamassa, em harmonia com o restante da sólida construção. Sem dúvida alguma, assim o conjunto ficaria mais seguro. Mas o que eu estou pensando? Não é qualquer mar, qualquer furacão que conseguiria destruir esta forte parede amarrada com ferro – que, a quinze metros da marca d'água superior, tem pelo menos um metro de espessura. A base sobre a qual existe a estrutura parece ser de greda, de fato uma substância curiosa!)

Bom! Tenho um orgulho curioso do Farol, do qual sou o único Guardião. Não me demoro no porão porque tenho um medo mórbido de lugares confinados, úmidos, prefiro vaguear ao ar livre, na base da torre. Olhando para cima, disse, como se a Posteridade pudesse me ouvir: "Aqui está uma construção que ultrapassa a ingenuidade, mas desprovida de mistério; porque um Farol não passa de uma estrutura projetada por homens para propósitos puramente comerciais, dificilmente românticos ou esotéricos". Aos meus pés, Mercury latiu animadamente, em uma espécie de eco animado!

E, agora, o *terrier* se diverte nas rochas e na praia pedregosa, onde não acho que ele deveria se aventurar; o pobre caçador de "raposas" não consegue entender, não existem raposas neste lugar isolado para ele caçar e trazer em triunfo para seu dono.

6 de novembro de 1849. Não escrevi neste Diário por alguns dias porque dormi mal sob a ameaça de uma estranha nuvem flutuante ou de um nevoeiro, trazendo da costa terríveis insetos que picavam. Algum tipo de formiga trazida pelo ar, que parece ser um cruzamento com uma aranha! Felizmente um forte vento veio até nós levando essas harpias em miniatura para o mar! Ainda assim, elaborei meus horários para registrar aqui:

Andar, precisamente ao amanhecer
Subir para apagar a lanterna
Abluções, barbear, etc.
Café da manhã, enquanto leio/tomo notas
Exercício com Mercury; exploração/meditação
Escrever no Diário

Refeição do meio-dia enquanto leio/tomo notas
Tarde: exploração/leitura/anotações/meditação
Refeição da noite, enquanto leio/tomo notas
Subir para acender a lanterna
Cama e sono

Ah, você está sacudindo a cabeça! Porque esse esquema lhe parece tão limitante quanto uma *prisão*. Mas garanto que não é. Não sou uma criatura como o pobre Mercury, um *terrier* incitado pela exuberância e pela frustração dessas agradáveis manhãs de primavera (no hemisfério sul, lembre-se, novembro é o mesmo que abril no norte), como se procurasse não apenas uma presa, mas uma companheira. Estou perfeitamente à vontade com o fato de estar só. Como observou Pascal em seu 139º Pensamento:

> ... toda a infelicidade dos homens advém de um único fato, o de que não conseguem ficar tranquilos em seu próprio quarto.

Este Diário deverá registrar se esta "verdade" é universal ou se cabe somente aos fracos.

15 de novembro de 1849. Ao meio-dia, vi um navio algumas milhas a leste, dirigindo-se para o estreito de Magalhães e muito provavelmente para o grande porto de Buenos Aires. Nas calmas águas do dia, esse navio não precisou do Farol de Viña del Mar e por um brevíssimo momento senti uma estranha espécie de ofensa. "Naveguem por estas águas à noite, meus amigos, e não ignorarão de maneira tão displicente o Guardião da Luz."

19 de novembro de 1849. Acordei ao amanhecer, depois de uma noite de sono interrompido. Enquanto tomava o café da manhã (com pouco apetite, não sei por que razão), continuei minha meticulosa tradução de *Das Spinne*;* depois, voltei-me com alívio para o *Eneadas*, de Plotino, que estranhamente tinha negligenciado em minha antiga vida descuidada. (O dr. Shaw tem sido muito generoso ao acrescentar inúmeros livros entre minhas provisões mais práticas; alguns já me pertenciam, mas a maioria dos volumes e dos periódicos são dele.) Plotino é um autor da Antiguidade cujos tratados sobre cosmologia, numerais, a alma, a verdade eterna e o Escolhido combinam maravilhosamente comigo, um peregrino no Farol de Viña del Mar. Continuo a admirar o quanto me sinto à vontade com *o fato de estar sozinho*, acredito que ainda preciso explorar isso mais profundamente.

Plotino é um verdadeiro bálsamo para a tristeza, coisa que ainda sinto quando estou descansando devido à morte de minha querida V. (pelo rompimento de uma veia em sua garganta de alabastro, ocorrido enquanto cantava a extraordinária "Annie Laurie" e eu, tomado pelo prazer, a acompanhava ao piano), ocasião em que jurei que permaneceria celibatário e penitente pelo tempo que restasse de minha vida infeliz. Como V. temia o bestial que permeia grande parte das relações sexuais humanas, até mesmo no leito conjugal, sinto uma aversão semelhante; embora tenha prazer em acariciar Mercury e esfregar suas orelhas pontudas, sentiria aversão em tocar outro ser humano de maneira tão íntima! Porque até mesmo um aperto de mão entre cavalheiros me dá repulsa. "Sua mão está muito fria, meu garoto", caçoou o dr. Shaw quando nos despedíamos no porto de Filadélfia, "as senhoras asseguram que isso é um sinal de um *coração quente*. Você concorda?"

---

* Referência a *Die schwarze spinne* (A aranha negra), livro de Jeremias Gotthelf. (N. T)

(Eis aqui uma estranheza: nesta solidão, em que os únicos sons são os das infernais aves marinhas e da monótona mistura de ondas e ventos sibilantes, tenho ouvido ultimamente *a voz inconfundível do dr. Shaw*; e nas nuvens que flutuam acima vejo seu *rosto*: impassível, com suíças e óculos brilhantes sobre um nariz de tamanho considerável. Ele me chama: "*Meu garoto* – embora, aos quarenta e um anos, dificilmente eu seja um garoto –, *que papel você está destinado a representar ao concorrer para a causa do conhecimento científico!*". Tenho uma profunda gratidão a esse cavalheiro que me resgatou de uma vida dissoluta e autoagressiva para me envolver neste experimento sobre o efeito do "isolamento extremo" de "um espécime masculino mediano do *Homo sapiens*". Aparentemente, dr. Shaw não percebeu a ironia de que, embora eu seja um espécime masculino bastante normal do *Homo sapiens*, dificilmente sou mediano!)

28 de novembro de 1849. Navios avistados à distância. Aves marinhas, barulhentas e persistentes até serem despachadas por Mercury e seu dono. Uma súbita ventania violenta se abateu sobre nós durante a noite, deixando a costumeira imundície marinha (um pouco dela ainda se retorcendo com a vida mais repulsiva, bastante maltratada e mutilada) trazida pelas ondas para a praia de seixos.

Se não registrei no Diário grande parte dessa "vida retorcida", foi por um desdém fastidioso e uma ignorância colossal de tais espécies inferiores. No entanto, suponho que deveria mencionar que as ondas barulhentas da praia estão a quinze passos deste observatório, na porta de entrada do Farol. Felizmente, o vento sopra em outra direção, minhas narinas não precisam lidar com cheiros pútridos!

Noites não tão calmas quanto eu gostaria. Mercury choraminga e se morde, perturbado por sonhos agressivos e por pulgas.

1º de dezembro de 1849. Como estou sem fôlego. Não por subir os execráveis degraus, mas por outra espécie de esforço.

Depois de dias de chuva, tediosos e tão sem nuanças quanto o estúpido martelar de um fazedor de caixões, surgiu no meio da tarde um súbito raio de sol através de densos blocos de nuvens. Mercury começou a latir excitadamente, despertando seu dono, que cochilava sobre Plotino, e os dois correram para fora para brincar como se fossem crianças. Como V. contemplaria maravilhada essas bobagens!

E ainda: nosso domínio é tremendamente pequeno, menor do que parecia quando o barco nos trouxe para o Farol (há quantas semanas?), menos do que trinta metros de diâmetro, pelo que calculei, e grande parte disto rocha sólida, imutável. Logo em frente à porta do Farol há sequências de pedras, dando a impressão de degraus em estado natural que levam ao oceano. Sem dúvida é por isso que ele foi construído onde está, confrontando essas pedras. Exatamente à esquerda de sua entrada, há um agrupamento de imensas pedras escorando o mar, que chamei de Panteão porque em sua aparência há uma nobreza bruta, semelhante à que existe nos rostos primitivos, como se um escultor da Antiguidade tivesse sido interrompido em sua tarefa de esculpir o "humano" na simples matéria inerte. (Contudo, como se pode imaginar, essas grandes pedras estão cobertas pelos mais desagradáveis dejetos de aves e onde existem esses dejetos esteja certo de haver vorazes insetos zumbidores.)

Ainda mais lúgubre, à esquerda da entrada do Farol encontra-se a malcheirosa praia de seixos que mencionei ligeiramente, depois de uma pequena área de pedras e matacões. A esta região, repugnante até para se falar a respeito, dei o nome de Cemitério, embora lá possa ser encontrado mais do que apenas cadáveres decompostos de vida marinha. (Tanto Mercury quanto seu dono produzem "resíduos", aos quais é preciso dar um fim, mas não havendo esgoto em um lugar tão primitivo e muito menos criados que levem embora os urinóis, esta é uma tarefa não muito fácil de ser realizada. O dr. Shaw não se lembrou de falar a respeito, uma vez que é um cavalheiro abastado e acostumado com as amenidades da civilização, da mesma maneira que Plotino, Gotthelf, Pascal e Rousseau não teriam pensado em aludir a tal fato em seus escritos.)

Bom! Embora limitados pelo Panteão de um lado e pelo Cemitério do outro, Mercury e seu dono escalaram, aquecendo-se ao sol do início do verão, como se soubessem que aquela feliz conjunção de sol, temperatura e ventos suaves provavelmente não duraria.

Você sorriria ao ver nós dois nos arrastando em meio às gaivotas, lavadeiras e andorinhas-do-mar, que soltavam guinchos e batiam as asas, aterrorizadas com a nossa presença. De uma forma mais audaciosa, confrontamos um albatroz gigante, da espécie de nariz amarelo; conforme bati as mãos e gritei, e Mercury latiu alucinadamente, essa singular criatura irrompeu no ar e sobre nossas cabeças bateu suas asas de dois metros em forma de sabre, durante alguns ansiosos segundos, como se preparasse um ataque, e depois se foi. "Derrotamos o inimigo, Mercury!", gritei rindo, porque, logicamente, era pura brincadeira.

Até agora fico nervoso ao pensar no encontro e meu coração bate de um jeito estranho, sabendo, no entanto, que se tivesse conseguido agarrar a linda perna delgada do pássaro eu não o teria machucado, mas, logicamente, o soltaria de imediato. Como minha adorada V., sou amigo de todas as criaturas vivas e não desejo mal a nenhuma. (Quanto a Mercury, criado para ajudar seu dono na caça às raposas e animais semelhantes, com a recompensa de restos sanguinolentos, não me atrevo a falar!)

5 de dezembro de 1849. Estou muito descontente com Mercury, registrarei neste Diário, embora dificilmente isto tenha importância para a posteridade.

Cachorro vergonhoso! Recusando-se a me obedecer quando fiquei à porta do Farol chamando "Mercury! Venha aqui! Estou mandando: *venha aqui*". Por fim, o *terrier* apareceu com ar envergonhado, vindo da região do Cemitério, que abriga toda espécie de sujeira na qual um cachorro rebelde rolaria em êxtase, embora tivesse sido proibido por seu dono.

O Cemitério: qual é a sua atração? Aquilo não tem nada a ver com raposas a serem perseguidas pelo *terrier*, mas são "presas" mais repugnantes, trazidas pelas ondas durante a noite: peixes mortos e moribundos de todos os tamanhos e caras monstruosas; pequenos polvos e algas; pálidas criaturas sem espinha, escorrendo para fora de suas conchas quebradas e uma alga viscosa particularmente asquerosa que se contorce como cobras vivas nas águas rasas, como observei admirado durante longos e fascinantes minutos. Finalmente, Mercury volta com o rabo tremendo entre as pernas. "Mercury, venha! Bom cachorro." Não é da minha natureza punir, mas sei que os cachorros precisam ser ensinados; se o dono não agir de acordo, o cão ficará confuso e desmoralizado e, com o tempo, se voltará contra o dono. Assim, sou duro com Mercury, levantando meu punho como se fosse golpear sua cabeça que treme, vendo nos seus olhos âmbar, que normalmente transbordam de amor por mim, o brilho do medo animal. No entanto, não bato, apenas repreendo. Retirando-me, então, para o Farol, sou seguido pela criatura arrependida e logo voltamos a ser companheiros, devorando nossa refeição noturna, antes de mergulhar, não muito depois do pôr do sol, no desfalecimento do sono.

(Ah, sono! Como ele se torna doce quando chega! Embora pareça que estou sempre na minha cama. Mal desperto de meu estuporado sono em suor, logo depois do nascer do sol nestes dias, descubro que estou tomado pelo cansaço e pronto para voltar a me deitar, embora minha cama granulosa recenda francamente a meu corpo e aos corpos de meus predecessores, porque "arejar" constantemente as roupas de cama e o colchão revelou-se uma coisa tediosa, assim como estar sempre "me despindo" e "me vestindo". Porque quem é que vai me observar aqui, se minha roupa de cama não for a mais fresca e meu rosto não estiver tão bem barbeado como as senhoras poderiam desejar? Mercury, na verdade, não se importa se o dono negligencia algumas delicadezas no trato!)

11 de dezembro de 1849. Dia muito quente. "Abafado" – "torpor" – "muito calmo". A algumas milhas a leste, um navio em calmaria foi avistado pelo telescópio numa distância grande demais para ser identificado; não houve jeito de saber se era um navio americano, inglês ou qualquer outro. Embora, como sempre, sem falhar, porque nunca faltarei ao meu dever, Mercury e eu tenhamos subido os detestáveis degraus até a grande lanterna, ao pôr do sol, para acender a mecha embebida em querosene, cujo cheiro repelente continua a arder em nossas narinas mesmo após semanas.

Quantos degraus até a lanterna? Certifiquei-me, 196.

12 de dezembro de 1849. Dia muito quente. "Abafado" – "torpor" – "muito calmo". Subir os degraus, acender a mecha, um nevoeiro sanguíneo vagou pelo céu ao anoitecer e obscureceu toda a visão. E eu não sabia *Existe algum ser humano ali para observar esta luz tênue? Para perceber em mim um espírito afim, afogando em solidão?*

17 de dezembro de 1849. Dia muito quente. "Abafado" – "torpor" – "muito calmo". Então, ao meio-dia, uma multidão de aves marinhas de várias espécies interrompeu uma furiosa discussão da ordem dos anjos guerreiros do grande épico de Milton, e Mecury ansioso ficou afoito para que eu compreendesse que nada tinha a ver com ele, mas com o fato de que uma gigantesca criatura marinha fora levada à praia pelas águas para ser bicada e perfurada por barulhentos pássaros até que seu notável esqueleto emergisse através de retalhos de carne. Ah, que horror! E agora, que mau cheiro! Enjoado demais, não consigo completar uma única página do difícil alto alemão de Gotthelf.

No entanto, defendo essas aves hostis porque se alimentam de carniça e são necessárias para devorar a carne morta e putrefata que logo superaria os viventes em Viña del Mar e nos destruiria completamente.

19 de dezembro de 1849. Hoje um rude golpe. Não estou muito certo quanto a registrá-lo no Diário, estou muito abalado.

Tendo temporariamente deixado de lado meu Plotino e meu Gotthelf, voltei-me para uma pilha de monografias da Philadelphia Society of Naturalists, que tinha sido incluída nos livros da biblioteca do dr. Shaw, e me deparei com uma revelação perturbadora de um artigo de 1846 de um certo Bertram Shaw, Ph.D., doutor em medicina, intitulado "Os efeitos do isolamento extremo em certas espécies de mamíferos", a saber, um rato, um porquinho-da-índia, um macaco, um cachorro, um gato e "um jovem cavalo com boa saúde". Essas criaturas desfavorecidas foram aprisionadas em pequenos cercados no laboratório do dr. Shaw recebendo tanta comida e água quanto desejassem consumir, mas mantidos longe da vista de qualquer um de sua espécie e nunca ouvindo uma palavra nem sendo tocados. De início, os animais devoravam a comida com um apetite desregrado, depois, aos poucos, perderam todo o apetite, ao mesmo tempo em que suas forças e energia se foram; o sono ficou intermitente e finalmente caíram em um estupor. A morte chegou de "diversas maneiras" para cada um dos espécimes, mas muito mais cedo do que o normal. O dr. Shaw concluiu, vitorioso, *A morte não passa do sistemático desligamento do ser sensível, no nível celular.*

Ao que parece, as criaturas encarceradas e isoladas ficavam, assim, aprisionadas em seu próprio ser e se "sufocavam" de tédio. Sua energia vital, uma espécie de eletricidade viva, deixava aos poucos de fluir. Li várias vezes essa monografia com o coração aos saltos, forçado a admirar o rigor científico de seu argumento, até que, finalmente, a monografia (que foi devorada pelos vermes na umidade do Farol) escorregou dos meus dedos e foi ao chão.

"O erro de cálculo de Shaw é que seu 'garoto' dificilmente seria um espécime mediano do *Homo sapiens*." Ri de maneira tão alegre que Mercury entrou aos pulos no Farol, ofegando e latindo, me olhando com uma expressão esperançosa: rio porque estou feliz? E, *por quê?*

25-29 de dezembro de 1849. Dias perdidos e, assim sendo, registros perdidos neste Diário. Não sei por quê.

1º de janeiro de 1850. É Ano-novo e, no entanto, a única novidade no Farol é o nível da minha raiva em relação ao rebelde *terrier*.

Chamei-o ao longo da tarde e agora anoitece. Começarei sozinho minha refeição da noite, tendo como única companhia o obscuro texto *Das Spinne*... Mas estou tendo dificuldades para me concentrar, minhas pálpebras estão inchadas pelo cansaço ou por causa das picadas de pulgas, meus dedos entorpecidos não conseguem segurar a maldita caneta. Perdi a "visão" de mim mesmo, desde um acidente em uma manhã, quando meu espelho de barbear, o único espelho do Farol, escorregou dos meus dedos ensaboados e se estilhaçou estupidamente no chão de pedra. "Mercury, venha aqui, estou mandando!" – e não há resposta, a não ser um escárnio das aves marinhas e o murmúrio de uma bêbada risada das ondas.

Mercury recebeu este nome de V., que o trouxe para casa como um enjeitado, muito pequeno e próximo da morte por inanição. Originalmente era exclusivamente o cachorro de V., depois, também passou a ser querido por mim, embora eu não seja fácil com animais e não confie na fanática "lealdade" dos caninos que me parece o sorriso cheio de dentes da hipocrisia. Mas acho que Mercury era especial, um *fox terrier* muito "animado" (ou seja, alerta e vivo), não de raça pura, mas ostentando uma cabeça, peito e pernas bem formados, a agilidade e inteligência comuns à raça, um entusiasmo por cavar, fuçar a terra e descobrir tocas nas quais a presa poderia estar escondida, e muita energia nervosa. V. lhe deu o nome de "Mercury" por causa de seu jeito esquisito; desde pequeno ele tem sido de uma afetividade incomum, tão chocado pela morte de V. quanto eu, e doente de pesar. No entanto, ultimamente, envolvido em nossa aventura no Pacífico Sul, Mercury parecia estar se recuperando.

Sua pelagem é a mistura de cores comum em um *terrier*: pelo branco encaracolado, salpicado com manchas marrom-claro, marrom-escuro e vermelho; este pelo ultimamente se tornou vergonhosamente grosseiro e embaraçado porque não tenho tempo de tratar de Mercury da maneira que ele precisa, assim como, com frequência, não tenho tido tempo de tratar de mim mesmo. (É estranho como sobra pouco tempo para tais tarefas, quando o tempo parece se estender à nossa frente, vasto como o grande mar no qual poderíamos nos afogar.)

Concordo, talvez, que em parte seja culpa minha, porque Mercury tem demonstrado pouco apetite pelos biscoitos secos e acinzentados que lhe dou, às vezes com vermes. Não tinha me ocorrido trazer um tipo diferente de comida, carne enlatada, e talvez não houvesse espaço para tanto. Quanto à minha dieta, é puramente vegetariana – frutas e vegetais enlatados e secos, produtos feitos com grãos, como biscoitos, bolos de arroz e garrafas de água mineral que o dr. Shaw garantiu ser "fartamente rica" em nutrientes. Meu ascetismo, igual ao de V., se ampliou a ponto de incluir uma aversão a carnes de todos os tipos, incluindo peixes e frutos do mar, que de todos os organismos é o que me é mais repulsivo. Contudo, entendo que um *terrier* é uma espécie muito diferente de criatura, nascida para caçar. É uma pena, pela evidência de seu focinho e o hálito cada vez mais fétido, que Mercury tenha passado a comer a carne de coisas mortas como tentei proibi-lo de fazer temendo que se intoxicasse.

"Mercury! Venha, é hora do jantar. Eu *lhe imploro*." E, no entanto, nenhum *terrier*, apenas o doentio crepúsculo, o bater das ondas e o som amedrontador mais abaixo, como se fosse o rasgar de carne, cartilagem, osso e mastigação, ruídos obscenos ao mesmo tempo guturais e extasiados, *reluto em interpretá-los*.

18 de janeiro de 1850. Véspera do meu aniversário. No entanto, esqueci minha idade.

19 de janeiro de 1850. Surpresa de hoje: uma infestação de gorgulhos em meu suprimento de bolos de arroz. Tentei tirar com os dedos; depois desisti, tomado pela náusea e pelo vômito.

23 de janeiro de 1850. Hoje descobri que o firmamento rochoso sobre o qual o Farol foi construído é ovóide, parecido com um ovo malformado. É menor do que achava originalmente, menos de trinta metros de diâmetro, assim como o Farol parece ser uma estrutura maior, exigindo a cada noite mais esforço e fôlego para subir e acender a lanterna, no desempenho de minhas obrigações como Guardião da Luz. (Nas noites de nevoeiro, eu poderia questionar se a chama da lanterna atravessa tal escuridão e para que serve o meu esforço porque não vejo nada, não ouço nada que pudesse ser designado como "humano"; e dei para cismar sobre a futilidade da minha tarefa.)

Também, o Farol penetra mais profundamente do que eu pensava no interior argiloso da terra. Alguém quase poderia fantasiar que o buraco no fundo é uma espécie de toca. (O mais repugnante a ser considerado: quem moraria em tal cova, descendo muito abaixo da linha d'água? Mercury ganiu e chorou quando o incitei a explorar esse espaço demoníaco e se mostrou tão convulso entre minhas mãos que ri e o soltei.)

1º de fevereiro de 1850. Neste final de tarde, não subi os terríveis degraus, não acendi a terrível mecha. Por quê?

Eu avistei uma flotilha de galeões espanhóis. Se eram navios fantasmas ou visões estimuladas por minhas pálpebras inchadas ou navios de verdade não sei e *não me importo*. Esses ousados navios navegavam em direção ao estreito de Magalhães e além, e me veio uma espertez baixa (no entanto, "patriótica" – que o Diário registre da forma correta) de que eu não acenderia a lanterna para guiar o inimigo espanhol, deixando que eles cumprissem seu próprio trajeto por águas traiçoeiras. "Que o Capitão reze para que seu deus católico o guie até o Estreito."

4 de fevereiro de 1850. Calor. Torpor. Exalando o fétido hálito da criação. No entanto, não passa de fevereiro e temperaturas extremas deverão vir em março e abril.

Temo que a briga com Mercury o tenha afastado de mim, e, no entanto, não tenho escolha porque ele tem se comportado mal, aventurando-se pelo Cemitério e ali se alimentando, se divertindo na sujeira, se atrevendo então a voltar para mim, seu dono, com o focinho ensanguentado e dentes pegajosos de vísceras diceradas, manchando de sangue e sujando o casaco outrora acetinado que V. escovara. "Cachorro! Você me dá asco." Conforme levantei meu punho para bater, ele deu uma ligeira agachada e as pupilas de seus olhos injetados estreitaram-se como fendas. Dessa vez, não contive meu soco e atingi sua cabeça ossuda, também não me abstive de chutar o vira-lata em sua cernelha magrela. Quando ele reagiu contra mim e expôs seus dentes manchados com um rosnado, alcancei meu porrete de madeira trazido pelo mar e golpeei a besta na cabeça de maneira tão certeira que ele foi de uma vez ao chão e ficou deitado chorando e se contorcendo. "Então, está vendo quem manda, não é? Não um humilde espécime do *Canis familiaris*, mas um espécime exemplar do *Homo sapiens*."

Por que comecei a ver que é uma questão de espécie? Plotino não tinha a menor ideia, nem mesmo Aristóteles; nem Gotthelf, embora vivesse neste século.

17 de fevereiro de 1850. E agora Mercury morreu. Cobri os lamentáveis restos com pedras para afugentar os carniceiros.

20 de fevereiro de 1850. A vida é um estupor no mormaço do verão. Não consigo me afligir pela perda de meu companheiro, de dia estou exausto demais e à noite estou tomado pela raiva. Escrevo no meu diário com a ajuda de um lampião e com a mão tão trêmula que você acharia que a terra treme a meus pés. Porque em um sonho me veio que todos os *Homo sapiens* pereceram em um cataclismo de fogo, com uma única exceção: o Guardião do Farol de Viña del Mar.

1º de março de 1850. Cyclophagus, foi o nome que lhe dei. Uma criatura extremamente original e impressionante que teria deixado Homero perplexo, como meus ancestrais góticos de um homem. A princípio não entendi que *Cyclophagus* era um anfíbio e agora descobri que esta espécie habita, pelo menos durante o dia, umas tocas aquáticas na extremidade da praia de seixos para emergir, à maneira dos invasores troianos, ao cair da noite e subir devorando qualquer carne que suas garras, focinho e dentes afiados puderem encontrar. E foi assim que Mercury morreu.

Basicamente, o *Cyclophagus* é mais um carniceiro. Os espécimes maiores, obviamente machos e magníficos tiranos da praia que são, alcançam o tamanho de um porco-do-mato. Eles atacarão e devorarão criaturas – vivas e guinchando! –, como caranguejos-aranha (eles próprios horríveis de se ver), um peixe com cabeça grande, um réptil com impressionantes escamas fosforescentes a que dei o nome de *Hydrocephalagus* e as costumeiras aves marinhas recolhidas, gaivotas e falcões, imersas em um sono descuidado em meio aos matacões. E, como aconteceu na outra noite, o pobre Mercury, que em uma ousadia de *terrier*, insensatamente irrompeu no domínio de uma dessas bestas assustadoras. Mal posso registrar o fato neste Diário; tinha pretendido expressar apenas os mais grandiosos sentimentos de humanidade; debilitado pelo sono, ouvi os gritos deploráveis de meu companheiro parecendo-me que gritava: "Dono! Dono!" e que minha querida V. gritava em uníssono que eu tinha que salvá-lo. Assim, deixando de lado minha repugnância pelo Cemitério, cambaleei até Mercury, enquanto o condenado *fox terrier* lutava freneticamente por sua vida, preso às mandíbulas trituradoras de um *Cyclophagus* macho que planejava comê-lo vivo. Desesperado, golpeei o monstro predador com pedras e puxei Mercury com força, gritando e chorando, até que finalmente consegui "libertá--lo" daqueles terríveis dentes serrilhados – ah, tarde demais! Porque, àquela altura, a pobre criatura estava parcialmente desmembrada, sangrava copiosamente e choramingava como em uma última convulsão, morreu em meus braços...

Não posso continuar escrevendo a respeito. Estou nauseado, tomado pelo desgosto. As regiões sombrias de Usher* já não existem, *Cyclophagus* invadiu. Nem as fantasias góticas aracnídeas do próprio Jeremias Gotthelf poderiam resistir a tais criaturas diabólicas! Em uma visão de pesadelo, minha adorada V. veio me repreender por ter abandonado nosso "primogênito" a tal sorte. Meus olhos atônitos viram V. de uma maneira que eu não a via desde o nosso casamento, quando ela tinha treze anos, etérea e virginal como a neve que cai. E ouvi sua voz lamurienta como nunca tinha ouvido em vida, nesta maldição:

"Nunca mais tornarei a vê-lo, marido. Nem neste mundo, nem em Hades."

...

Sem data 1850 (?). Maldição! Pegar nesta pena e me esforçar por uns rabiscos de tinta em um pergaminho! A pena cai dos meus dedos curvos e grande parte do meu suprimento de tinta acabou porque meu benfeitor (cujo nome eu esqueci, embora ouça sua voz zombeteira *Meu garoto! Meu garoto!* no guincho das gaivotas e veja seu rosto abominável olhando para mim através das nuvens), como minha preciosa "biblioteca" etc. está crivada de vermes e gorgulhos e ilegível e meus alimentos enlatados contaminados por larvas. Como toda a Filadélfia tremeria por minha causa agora, em face de tal visão: "Quem é este? *Este* selvagem?" – recolhendo-se

---

* Referência ao conto "A queda da casa de Usher", de Poe; uma narrativa pertubadora que investiga o subconsciente e os terrores ocultos da alma humana. (N. T.)

horrorizada e depois às gargalhadas, incluindo até mesmo as senhoras. ECCE HOMO!*

Sem data 1850 (?). Preciso me lembrar, a Filadélfia acabou e toda a humanidade, e "só eu escapei para vos contar".

Sem data. Parei de subir a perplexidade de degraus girando e retorcendo sobre a minha cabeça. Lembro-me vagamente de uma "lanterna" – uma "luz" e vagamente de um Guardião da Luz. Se Mercury estivesse aqui, riríamos juntos desta insensatez. Porque tudo o que importa é se alimentar e se alimentar bem, que este ataque de bocas seja mantido à distância de *me* devorar.

Sem data. Com desespero e nojo joguei a última das latas contaminadas no mar. Bebi a última água mineral tépida na qual, como percebi a olho nu, criaturas translúcidas, parecidas com papel de seda, nadavam e faziam evoluções. Faminto, minha fome não pode ser saciada, e, no entanto, ela apenas começou. Assim como o calor do verão apenas começou.

Sem data. Levou tempo, mas, sim, aprendi: onde Mercury se deu mal, cavando nas covas aquosas do *Cyclophagus* antes que a maré tivesse retrocedido por completo, impaciente por se alimentar dos suculentos filhotes que se agarravam chorando e miando às tetas da *Cyclophagus* fêmea, sei esperar pelo momento certo entre as rochas.

Muito estranhamente o mau cheiro diminuiu. À noite, quando emerjo da minha toca.

---

* Eis o homem (Cristo). (N. T.)

Onde inicialmente eu protegia meus olhos da minha "presa" – mesmo enquanto minhas mandíbulas devoravam vorazmente – agora não tenho tempo para tais delicadezas, já que a intrepidez do falcão marinho poderia investir contra mim e tirar vantagem da minha distração. Não mais. Estou bem desavergonhado agora, à medida que minha fome aumenta. Mesmo temporariamente satisfeito, deito entre os ossos e cartilagens da minha refeição, no sufocante mormaço de Viña del Mar e perversamente sonho com mais comida porque neste lugar infernal me tornei um tubo de vísceras com dentes em uma ponta e um ânus para excreção na outra. Se não estou entorpecido pela fome, reservo um tempo para tirar a pele/depenar/tirar as garras/vísceras/desossar/cozinhar sobre um fogo preparado com madeira trazida pelo mar, antes de consumir. Com mais frequência, não tenho tempo para isto, porque minha fome é urgente demais e preciso me alimentar como os outros se alimentam, arrancando a carne dos ossos com meus dentes. Ah, não tenho paciência para os protestos e gritos agitados dos condenados:

- todas as espécies de aves marinhas, inclusive o menor dos albatrozes de nariz amarelo, que voam inadvertidamente perto do meu esconderijo entre os matacões, devem ser apanhadas no ar pelas minhas garras
- as grandes águas-vivas, as tartarugas marinhas e os polvos, cuja carne é como couro, precisam ser mastigados durante longos minutos
- *Hydrocephalagus* jovem (delicado como uma codorna, enquanto a carne do indivíduo adulto é fibrosa e provoca diarreia)
- *Cyclophagus* jovem (do qual eu gosto particularmente, um gosto requintado e sutil como vieiras)

— todas as espécies de ovos (como todos os predadores, vibro com a expectativa de um ovo, que não pode escapar das garras ávidas de alguém e não oferece um gesto de resistência; repleto de nutrientes a serem sugados pelo crânio – ah! Quero dizer, pela casca)

Um fato pesaroso a não ser compartilhado com V. ou com os *habitués* dos lugares que frequentava na minha velha Filadélfia, que eu, descendente de um clã da raça teutônica, precise compartilhar meu reino com tantas espécies inferiores de animais, pássaros e insetos! Desses, apenas o *Cyclophagus* é um rival à altura, o mais fascinante, uma vez que é a mais desenvolvida e inteligente das espécies, embora muito inferior ao *Homo sapiens*. Achei-o um anfíbio extremamente curioso, engenhosamente equipado com guelras e narinas, assim como nadadeiras e pernas; não menos desajeitado na água do que na terra, no entanto, ele se movimenta com uma agilidade surpreendente quando quer e até mesmo as fêmeas são muito fortes. Sua cabeça é grande como a de um homem e seu focinho pontudo, com fileiras de dentes parecidos com os do tubarão; suas orelhas eretas, translúcidas, humanóides; seu rabo, de comprimento moderado, para ser erguido como o de um cachorro ou levado a meio mastro, carregado de imundícies. Sua característica mais impressionante é seu único olho – daí eu tê-lo chamado de *Cyclophagus*! –, que emerge de sua testa com o dobro do tamanho e a expressividade líquida de um olho humano. A novidade desse órgão é sua capacidade em virar rapidamente de um lado para outro e de se projetar da saliência óssea da face quando preciso. O *Cyclophagus* é recoberto por pele aveludada, maravilhosamente macia ao toque; tem uma coloração prata arroxeada que escurece rapidamente após a morte. Quando preparada no fogo, sua carne é de uma maciez fora do comum, como pude notar;

no entanto, nos machos mais velhos, há um gosto subjacente de carne selvagem sanguinolenta, que de início é desagradável, mas aos poucos chega a ser intrigante.

Pensar no *Cyclophagus* é sentir. Ah! O desejo mais poderoso e perverso; estou inclinado a soltar esta cansativa caneta e perambular pelos baixios da praia de seixos, embora ainda não seja a hora do crepúsculo. Ultimamente aprendi a ir de quatro, de modo que meu queixo passe levemente sobre a animada rebentação e eu possa ver o que nada ao meu encontro.

Sem data. La Medusa: água-viva enquanto viva, as muitas gavinhas transparentes, de um vermelho-claro como sugere a rede exposta de veias de um ser humano, dá uma bela ferroada! morta, as gavinhas são fibrosas e curiosamente deliciosas para serem mastigadas com alguma sinuosa erva, salgada como a alga   *Vurrgh:* uma espécie de lagarto mamífero com quase um metro de comprimento, com membros curtos, membros ásperos e cauda felina   pele profundamente enrugada, como um tecido com muitas dobras   grossos bigodes saltando do focinho do macho   e sob o focinho da fêmea uma   penugem   mais macia   uma expressão de repouso   ao mesmo tempo truculenta e contemplativa   à maneira de Sócrates   a essas criaturas   dei o   nome de *Vurrghs*   porque quando se comunicam emitem uma sequência de baixos grunhidos musicais: "Vurrgh-Vurrgh-Vurrgh"   quando agonizam gritam como fêmeas humanas, sopranos cujas vozes se tornaram agudas   como a carne do *Vurrgh* é mastigada e é sensualmente estimulante   como a carne das ostras, seus ovos dourados limosos e brilhantes   Por acaso descobri que a *Vurrgh* fêmea põe seus ovos na areia molhada e nos restos putrefatos de animais no lado norte da ilha   o *Vurrgh* macho, então, parece estar passando por acaso   (no entanto, nas artimanhas da natureza pode haver acaso?) e fertiliza esses ovos através de um órgão sexual tubular, infelizmente cômico de se observar   no entanto, eficiente, e na natureza isto é tudo que importa   o *Vurrgh* macho, então agitadamente reúne os ovos em um saco ligado à sua barriga, como o dos cangurus australianos   é o *Vurrgh* macho que cuida dos ovos até que eles eclodam em uma multiplicidade escorregadia de *Vurrgh* jovens, ensebados e muito pálidos, as fêmeas pintadas, medindo cerca de dez centímetros no nascimento, deliciosos quando comidos crus

O *Cyclophagus* é meu principal concorrente aqui porque a astuciosa criatura usa seu olho singular para enxergar no escuro   e seu nariz comprido é muito mais sensível do que o meu nariz "romano"   o *Cyclophagus* tem um apetite insaciável por jovens *Vurrgh* e até parece que cultiva colônias de *Vurrgh* nas águas rasas próximas à praia de maneira muito semelhante à que o *Homo sapiens* poderia fazer

Eu deveria comunicar estas minhas descobertas à Sociedade dos Naturalistas   se não fosse o fato de que tudo aquilo acabou em um apocalipse de fogo, aquela exaurida civilização!

Succubus: uma iguaria marinha   eu o classificaria como um marisco gigante   frequentemente encontrado se derramando de sua concha opalina por entre as rochas   como o busto de uma mulher saltando de um espartilho de barbatanas de baleia   uma criatura de carne rosada e invertebrada que é puramente tecido e não tem cara   no entanto, em sua superfície trêmula podem-se detectar os traços de uma cara muito vagamente humanóide   Dei a esse marisco o nome de *Succubus*   por causa da maneira como forçou para dentro da boca, ele começa a pulsar da maneira mais lasciva   agitando-se por sua vida   seus protestos são absurdamente excitantes   sua carne doce tão densa, um único *Succubus* pode exigir uma hora de vigorosa mastigação e satisfaz muito bem o apetite durante horas   e novamente o maldito *Cyclophagus* é meu rival   quanto pelo *Succubus*   com esta injusta vantagem: o *Cyclophagus* pode nadar no mar com seus dentes serrilhados expostos em sua boca aberta e confiando no instinto sem inteligência   coisa que o *Homo sapiens* (ainda) não dominou!

HELA foi o nome que lhe dei   minha querida

HELA que veio sob minha proteção   HELA do olho luminoso   HELA minha alma-gêmea nesta região infernal   ah, inesperado!

HELA, por causa daquela fabulosa Helena de Troia pela qual mil navios foram lançados ao mar e se travou a Guerra de Troia e tantos valorosos heróis se perderam para o Hades   e no entanto, quão gloriosas essas mortes, pela BELEZA!   Minha HELA treme de gratidão ao meu abraço   ela nunca tinha visto um indivíduo da minha espécie antes! um choque para ela e a revelação   minha promessa   a ela   é eterna   meu amor inquestionável   tendo fugido para mim sem fôlego e chorando, uma virginal *Cyclophagus* fêmea, perseguida por um excitado *Cyclophagus* macho saído da espumosa rebentação da praia de seixos   quando ao crepúsculo eu perambulava inquieto e alerta, curvado e com meu porrete a postos   Hela emergiu do mar como Vênus   para ser salva em meus braços de um animal extremamente devasso e repulsivo, bruto e tão grande que parecia ser um *Cyclophagus* em mutação   erguendo-se sobre atarracadas pernas traseiras, imitando um Homem   dentes terríveis reluzindo como se ele fosse rasgar minha garganta com seus dentes   ah!
Se ao menos ele pudesse me pegar!   como ele *não podia*   e

vitorioso levei minha Hela embora, que ninguém de sua espécie animal possa jamais voltar a reclamá-la!

Isto aconteceu há algum tempo   à antiga maneira de contar

Nunca estou certo quanto a que "época" possa "ser"   Esqueci-me porque   essas páginas   eram importantes Existe "mês"   existe "ano"   ainda está muito quente, porque o sol se fixou lá em cima

Como minha querida ficou apavorada, quando invasores desembarcaram ruidosamente em direção ao Farol   da minha "espécie", era óbvio!   em um pequeno barco a remo e a nave mãe ancorada a alguma distância   clamando pelo Guardião da Luz   e não encontrando qualquer morador humano, procurando entre minhas coisas abandonadas   minha antiga cama   e contrariados em sua busca, partiram confusos em nossa toca aconchegante estávamos a salvo de que nos descobrissem   e neste quarto argiloso Hela pariu   oito bebezinhos sem pelos que miam e cujos olhos ainda não abriram sugando energicamente suas tetas aveludadas   Embora esses filhotes tenham apenas um olho como sua mãe   (e esse olho tão luminoso, que quase perco os sentidos ao contemplar sua profundeza) ainda assim cada filhote traz a marca indiscutível da sobrancelha marrom aristocrática de seu pai   meu nariz que foi considerado "nobre" em seu molde romano   os bebês pesam talvez um quilo e cabem maravilhosamente na palma de minha mão erguida Ah, um pai apaixonado elevando-os às alturas!   em direção à luz onde ela bate na entrada superior da toca   (isto acontece quando os queridos estão saciados de sugar! porque caso contrário eles miam estridentemente e seus dentes de bebê brilham com raiva infantil)   Gosto que seus rabos sejam menos pronunciados do que os da maioria dos *Cyclophagi* recém-nascidos,   seus focinhos muito menos pontudos   acho que o nariz "romano" se desenvolverá, eu acredito   as narinas de forma mais decisiva do que as guelras   porque Hela não se importa com a antiga vida anfíbia   e juramos que seus filhotes não saberão a respeito   esses preciosos filhotes florescerão no santuário do Farol   essa estrutura erigida para nossa moradia e nenhuma outra   porque senão ele não terá sentido   é nosso Reino junto ao Mar   nosso ninho aqui e ninguém o invadirá porque ele foi reforçado por mim e eu sou muito forte   Contudo, gentil com minha amada, porque sua pele é tão extremamente macia, sua tonalidade prata arroxeada a mesma das mais delicadas pétalas de copo-de-leite   seu olho expressivo tão intenso em devoção por seu marido-caçador   juntos habitaremos este lugar e seremos progenitores de uma nova raça de Imortais   bravia e luminosa Helaminhaquerida   para todo o sempre

EDickinsonRepliLuxe

• EMILY DICKINSON •
1830-1886

Tão solitários! Timidamente se entreolharam sentados à mesa da sala de jantar, cuja superfície polida de cerejeira refletia as chamas tremeluzentes de algumas velas como sonhos vagamente recordados. Um deles disse: "Devíamos comprar um RepliLuxe", como se só naquele momento tivesse pensado nisso. E o outro respondeu rapidamente: "Os RepliLuxes são muito caros e você sabe que eles não sobrevivem ao primeiro ano".

"Nem todos! Só..."

"Até a semana passada, 31%."

Então, o marido também tinha pesquisado na Internet. A mulher agora sabia disso e se sentiu satisfeita.

Porque, no fundo, há muito tempo ela ansiava por *mais vida*! *Mais vida*!

Nove anos de casados. Dezenove?

Chega uma hora em que você percebe: é isto que lhe cabe, você não receberá nada além. E aquilo que *isto significa*, aquilo em que sua vida resultou, lhe será tirado. Em algum momento.

"Alguém culto! Uma pessoa que *nos* engrandeça."

O sr. Krim era advogado tributarista cuja especialidade era direito corporativo/comércio interestadual. A sra. Krim, esposa do sr. Krim, tinha a reputação de ser "generosa", "ativa" e "envolvida" na suburbana cidadezinha de Golders Green. Juntos, eles foram para o imenso *shopping* New Liberty, a trinta quilômetros de distância, onde havia um *outlet* do RepliLuxe. Era fundamentalmente um *show-room*, em matéria de ajuda, não ia muito além da Internet, mas para os Krims parecia excitante ver amostras de RepliLuxes expostas em três dimensões. A esposa reconheceu *Freud*, o marido reconheceu *Babe Ruth*, *Teddy Roosevelt*, *Van Gogh*. Não se podia dizer que as figuras parecessem "naturais" porque não tinham mais do que um metro e meio de altura, seus traços estavam proporcionalmente reduzidos e simplificados, e seus olhos eram vítreos – de acordo com as estritas determinações federais, que estipulavam que nenhum replicante* artificial poderia ser manufaturado "no tamanho natural" ou que partes "orgânicas" fossem incorporadas ao seu corpo, mesmo que tivessem sido oferecidas por doadores empenhados. Os RepliLuxes em exposição estavam em modo inativo, mas, ainda assim, o marido e a esposa ficaram paralisados diante deles. A esposa murmurou com um calafrio: "Freud! Um grande gênio, mas você não perderia a naturalidade com alguém assim na sua casa, perscrutando...". O marido murmurou: "Van Gogh – imagine, na nossa casa em Golders Green! Salvo o fato de que ele era 'maníaco-depressivo', não era? E ele não cometeu...".

Por toda parte da loja bem iluminada, casais deliberavam em tom baixo e urgente. Era possível assistir a vídeos de RepliLuxes e folhear catálogos imensos. Vendedores estavam a postos, ansiosos por ajudar. Na seção BabyRepliLuxe, onde se achavam disponíveis personagens crianças de até doze anos, as discussões se tornavam particularmente acaloradas. Grandes atletas, grandes líderes militares, grandes inventores, grandes compositores, músicos, líderes mundiais, artistas, artistas performáticos, escritores e poetas, como escolher? Felizmente, as restrições dos direitos autorais tornavam inacessíveis os RepliLuxes de muitas personalidades de destaque

---

* Replicantes: andróides ou robôs em forma humana construídos com materiais sintéticos. (N. T.)

do século XX, o que limitava consideravelmente as escolhas (poucos atores de televisão, poucas figuras ligadas ao entretenimento, além de figuras da época dos filmes mudos). A esposa confidenciou a um vendedor: "Acho que meu coração se inclina para algum poeta! Você tem...". Mas *Sylvia Plath* ainda não caíra no domínio público nem *Robert Frost* ou *Dylan Thomas*. *Walt Whitman* estava disponível com um desconto especial durante o mês de abril, mas a esposa estava tomada pela incerteza: "Whitman! Imagine! Não era o homem...". (A esposa, que não era uma beata ou mesmo uma mulher de moralidade burguesa convencional, como suas vizinhas em Golders Green, não conseguiu pronunciar a palavra *gay*.) O marido perguntou sobre *Picasso*, mas *Picasso* ainda não estava disponível. "Rothko, então?" A esposa riu, dizendo ao vendedor: "Tratando-se de arte, receio que meu marido seja um pouco esnobe. Tenho certeza de que ninguém na RepliLuxe ouviu falar sobre Rothko." Enquanto o vendedor consultava o computador, o marido disse teimosamente: "Poderíamos levar um Rothko criança. Existe o 'modo acelerado'; poderíamos testemunhar um artista visionário se tornando...". A esposa respondeu: "Mas este 'Rothko' não era deprimido, ele não se matou..." e o marido disse irritado: "E quanto a Sylvia Plath? *Ela* se matou". E a esposa retrucou: "Ah, mas conosco, na nossa casa, tenho certeza de que isto não aconteceria. Nós seríamos uma nova e saudável influência". O vendedor informou não haver *Rothko*. "Então você tem Hopper? 'Edward Hopper, o pintor americano do século XX'?" Mas *Hopper* ainda estava protegido pelos direitos autorais. De súbito, a esposa disse: "Emily Dickinson! Eu quero ela". O vendedor perguntou como se soletrava e digitou rapidamente em seu computador. O marido ficou perplexo com a excitação da esposa, nos últimos anos era raro ver a sra. Krim com um jeito tão de menina, tão vulnerável, colocando a mão no braço dele naquele lugar público e dizendo enrubescida: "No fundo, sempre fui uma poetisa, eu acho. Minha avó Loomis, nascida em Maine, me deu um livro de 'versos' da Emily Dickinson quando eu ainda era criança. Mostrei meus primeiros poemas a você quando nos conhecemos, alguns deles... É trágico como a vida nos arranca do...". O marido lhe garantiu: "Então será Emily Dickinson! Ela será tranquila por uma razão: os poemas não chegam a ocupar tanto espaço quanto telas de seis metros. E não cheiram. E Emily Dickinson não cometeu suicídio, que eu saiba". A esposa exclamou: "Oh, Emily Dickinson, não! Na verdade, ela estava sempre cuidando dos parentes doentes. Era um anjo de bondade em sua casa, vestida num branco imaculado! Ela poderia cuidar de nós se...". A mulher se refreou, rindo nervosamente. O vendedor lia na tela do computador: "'Emily Dickinson (1830-1886), respeitada poetisa da Nova Inglaterra.' Os senhores estão com sorte, sr. e sra. Krim, esta 'Emily' é uma edição limitada, prestes a se esgotar definitivamente, mas ainda estará disponível durante o mês de abril com 20% de desconto. A *EDickinsonRepliLuxe* está programada dos trinta aos cinquenta e seis anos, idade em que a poeta morreu, de modo que o cliente terá vinte e cinco anos que poderão ser acelerados como ele quiser ou mesmo retrocedidos, embora só até os trinta anos, claro. A oferta limitada expira em...". Rapidamente a esposa disse: "Vamos ficar com ela! Por favor". A esposa e o marido estavam de mãos dadas. Naquele momento, um arrepio de aconchego, de afeição, de esperança infantil passou entre eles. Como se, de uma forma muito inesperada, tivessem voltado a ser jovens amantes no começo de uma nova vida.

Mesmo com o desconto, o preço da *EDickinsonRepliLuxe* era alto, mas os Krims tinham uma situação privilegiada, além de não terem filhos nem mesmo animais de estimação. "'Emily' custará apenas uma fração do que custaria uma criança, o que, com o custo da universidade..." A sra. Krim estava excitada demais para ler todo o contrato de várias páginas densamente impressas, antes de assinar; o sr. Krim, cuja profissão era a leitura atenta de tais documentos, levou mais tempo. A entrega da *EDickinsonRepliLuxe* foi prometida para um prazo de trinta dias, com seis meses de garantia.

O vendedor disse, em um tom de amável cautela: "Os senhores compreendem, sr. e sra. Krim, que o RepliLuxe que estão comprando *não é idêntico* ao indivíduo original, certo?"

"É claro!" Os Krims riram, para mostrar que não eram tão idiotas.

"É que, mesmo explicando minuciosamente", prosseguiu o vendedor, "alguns compradores persistem em esperar o *indivíduo verdadeiro* e pedem seu dinheiro de volta quando descobrem que não é assim."

Os Krim riram: "Nós não. Não somos tão bobos".

"O RepliLuxe é, em termos técnicos, um manequim brilhantemente reproduzido, impulsionado por um programa computadorizado que é a essência do indivíduo original, como se seu âmago ou 'alma' – se os senhores acreditam em tais conceitos – tivesse sido sugado do ser original e reinstalado em um meio completamente novo pela genialidade do RepliLuxe. Imagino que os senhores tenham lido sobre nossas emocionantes incursões na área da expansão do período de vida original, por exemplo, no caso de um indivíduo que tenha morrido jovem, como Mozart: suprimos o *MozartRepliLuxe* com uma vida muito mais extensa, permitindo assim muito, muito mais tempo de funcionamento. O que os senhores têm na *EDickinsonRepliLuxe* é uma simulação da 'Emily Dickinson' histórica que não chega a ser, logicamente, tão complexa quanto a original. Cada RepliLuxe varia, em alguns casos, consideravelmente, e não pode ser prognosticado. Mas os senhores não devem esperar de seu RepliLuxe nada que seja de um 'verdadeiro' ser humano. Como vocês sabem, claro, já que leram nosso contrato, os RepliLuxes não vêm equipados com sistema gastrointestinal, órgãos sexuais, ou sangue, ou com um 'cálido coração pulsante' – não se desapontem! Eles estão programados para responder a seu novo meio mais ou menos como faria o original, embora de maneira simplificada. Obviamente, alguns RepliLuxes são mais adaptáveis do que outros e algumas casas são mais adequadas para RepliLuxes do que outras. O governo dos Estados Unidos proíbe RepliLuxes fora da privacidade de uma residência, como os senhores sabem, caso contrário, poderíamos ter espetáculos públicos, como uma luta de boxe entre 'Jack Dempsey' e 'Jack Dempsey' ou um jogo de beisebol no qual as duas equipes fossem compostas de 'Babe Ruths'. Os atletas masculinos são nossos itens mais vendidos, embora não sejam realmente adequados para residências particulares, já que os proprietários estão proibidos de exercitá-los ao ar livre. Como os dálmatas, os *whippets* e os galgos, eles precisam se exercitar diariamente e isso tem criado alguns problemas. Mas sua poetisa é ideal, parece que 'Emily Dickinson' de fato nunca saiu de casa! Parabéns por uma sábia escolha."

Em seu estado de deslumbramento, os Krims não tinham acompanhado tudo o que o vendedor dissera, mas agora apertavam sua mão, agradecendo-lhe, prontos para ir embora. Tantas coisas tinham sido decididas em um espaço tão curto de tempo! No carro, voltando para Golders Green, a esposa começou subitamente a chorar de pura alegria. O marido, agarrando firmemente a direção com ambas as mãos, manteve-se olhando firme para frente, sem querer pensar O *que foi que nós fizemos? O que foi que nós fizemos?*

Preparando-se para receber sua ilustre hóspede, a esposa comprou *Poemas completos de Emily Dickinson*, várias biografias e um imenso livro de fotografias, *Os Dickinsons de Amherst*, mas na maior parte dos dias estava inquieta demais para se sentar sossegada e ler – sentiu dificuldade, especialmente na leitura dos pequenos poemas difíceis, quase herméticos de Dickinson – e muito atarefada preparando o "ambiente adequado, de temperatura controlada", como estipulava um manual do RepliLuxe para prevenir a "deterioração mecânica" do produto por excesso de umidade/secura. Em lojas de antiguidades, comprou algumas peças de época que lembrassem a mobília de quarto da poetisa: uma cama "trenó" da década de 1850 – tão estreita que devia ter pertencido a uma criança – com um acolchoado cor de marfim feito de crochê e um único travesseiro de penas de ganso que lhe fazia conjunto; uma cômoda com quatro gavetas em suntuoso bordo polido; uma pequena escrivaninha e um conjunto de mesas, sobre as quais colocou velas. A esposa encontrou duas cadeiras de espaldar reto com assentos trançados, cortinas de diáfano organdi branco para pendurar nas três janelas do quarto, um papel de parede bege de estampa delicada e um abajur de vidro leitoso, a querosene, de cerca de 1860. Era-lhe impossível duplicar os retratos emoldurados das paredes de Emily, que deviam pertencer a antepassados, mas ela localizou retratos de cavalheiros anônimos do século XIX, igualmente sorumbáticos, pensativos e fantasmagóricos. Entre eles pendurou um retrato de sua própria avó Loomis, que morrera há muitos anos. Quando finalmente o quarto ficou pronto e o marido se encantou com ele, a esposa se sentou à escrivaninha impraticável, de tão pequena, junto a uma janela inundada de sol primaveril, pegou uma pena e esperou pela inspiração, pronta para escrever.

"Provei um licor..."

Mas nada mais veio naquele momento.

O primeiro choque: Emily era tão *pequena*!

Quando a *EDickinsonRepliLuxe* foi entregue na casa dos Krims, desembalada e colocada na posição vertical, a pretensa mulher de trinta anos mais parecia uma subnutrida menina de dez ou onze que mal alcançava os ombros da esposa. Embora os Krims tivessem visto que até mesmo Babe Ruth tivera seu tamanho reduzido, de alguma forma não estavam preparados para que sua companheira-poetisa parecesse tão raquítica. Era como se o RepliLuxe tivesse sido moldado a partir do único daguerreótipo disponível da poetisa, tirado quando ela era muito jovem, aos dezesseis anos. Seus olhos eram grandes, escuros e estranhamente sem cílios. Sua pele tinha uma palidez de mármore e era macia como papel. Suas sobrancelhas eram maiores do que se esperava, mais pesadas e mais definidas, como as de um menino. Sua boca também era inesperadamente larga e carnuda, com um toque de desdém na face estreita. Seu cabelo escuro tinha sido severamente dividido no centro da cabeça e estirado para trás, preso em um coque, cobrindo a maior parte de suas orelhas extraordinariamente pequenas, como um capuz. Em um vestido de algodão escuro – chegando até o tornozelo, com mangas compridas e cintura absurdamente estreita –, a *EDickinsonRepliLuxe* mais parecia o cadáver murcho de uma monja criança do que uma mulher-poetisa de trinta anos. A esposa contemplou com horror os olhos sem vida, a boca rígida. O marido, nervosíssimo, estava tendo dificuldades com o aparelho de controle remoto – como geralmente tinha com tais dispositivos. O menu trazia inúmeras opções e ele começou a martelar os números com impaciência. "'Função dormir'. Como é que esta droga 'desliga'..." Por acaso ele deve ter apertado a combinação certa, já que se ouviu um clique e um zunido vindo da *EDickinsonRepliLuxe*, e, passado um momento, os olhos sem cílios criaram vida, vítreos porém alertas, movendo-se rapidamente pelo quarto antes de se fixarem nos Krims, que estavam, talvez, a um metro e meio de distância. Então os pulmões, no interior do peito estreito, começaram a respirar ou a simular lugubremente o processo da respiração. Os lábios carnudos se moveram em uma rápida contorção na forma de um sorriso, mas não saiu nenhum som.

O marido murmurou uma saudação esquisita: "'Miss Dickinson' – 'Emily' – oi! Somos...". Como a *EDickinsonRepliLuxe* piscou e olhou, sem se mover, exceto por um ligeiro ajuste de sua cabeça e uma torção de suas pequenas mãos, o marido apresentou a si mesmo e à sra. Krim. "Você veio de muito longe para nossa casa em Golders Green, Nova York, Emily! Eu não estranharia se estivesse se sentindo..." O marido falou de maneira hesitante, mas invocando todo o entusiasmo possível, como frequentemente tinha que fazer em sua vida profissional ao recepcionar os associados mais jovens, esperando deixá-los à vontade, embora ele mesmo não o estivesse. Timidamente, a esposa disse: "Eu... eu espero que você me chame de Madelyn ou Maddie... querida Emily. Sou sua amiga aqui em Golders Green e uma amante da...". Um forte rubor subiu-lhe ao rosto, porque ela não conseguiu dizer *poesia*, temendo ser confundida com uma tola e pretensiosa matrona suburbana. No entanto, dizer a palavra *amante* e depois ficar quieta era igualmente embaraçoso e estranho. A *EDickinsonRepliLuxe* abaixou os olhos, que ainda piscavam rapidamente, e permaneceu rigidamente imóvel, como se aguardasse instruções. O marido sentiu uma onda de desânimo, de desapontamento. Por que tinha cedido ao capricho da esposa no *outlet* da RepliLuxe? Ele não pretendia trazer para casa uma poetisa neurótica, queria ter trazido um artista vigoroso! A esposa sorria esperançosa para a *EDickinsonRepliLuxe,* vendo, com uma pontada de emoção, que a Emily tamanho infantil usava diminutos sapatos de fivela e torcia um lenço branco de renda entre as mãos. Em seu pescoço delgado trazia uma fita de veludo cruzada na garganta e presa com um broche de camafeu. Era óbvio, a poetisa estava tomada pela timidez; ela não tinha ideia de onde estava, de quem eram os Krims, se estava acordada ou sonhando, ou se em seu estado metamorfoseado havia alguma distinção entre estar desperta e sonhando.

Na caixa que a acompanhava havia a miniatura de mala grande, onde estavam suas roupas, uma mala de viagem e o que parecia ser uma caixa de costura coberta com cetim vermelho. A esposa disse: "Eu poderia ajudá-la a arrumar suas coisas, querida Emily, mas acho que por ora você prefere ficar sozinha, não é? Harold e eu estaremos lá embaixo, para a hora que você quiser...". A esposa titubeou, embora demonstrasse carinho. Ao mesmo tempo em que sentia medo da *EDickinsonRepliLuxe*, sentia-se fortemente atraída por ela, como se fosse uma irmã perdida. Naquele instante, os olhos de Emily se ergueram para ela em um súbito olhar penetrante como se fosse de (irmã?) reconhecimento. As mãozinhas continuaram a torcer o lenço de renda. Logicamente, a poetisa desejava que seus anfitriões se fossem.

Conforme os Krims se viraram para sair, ouviram pela primeira vez a pequena voz sussurrante da EDickinsonRepliLuxe, que apenas se fazia ouvir: "Sim, obrigada, ama e amo. Estou muito agradecida".

Na escada, a esposa agarrou-se ao braço do marido com tanta força que ele sentiu a pressão de suas unhas. Ofegante, ela murmurou: "Apenas pense, Emily Dickinson veio morar *conosco*. Não pode ser possível, e, no entanto, é *ela*". O marido, que estava se sentindo abalado e desconfortável, respondeu com irritação: "Não seja boba, Madelyn. Aquilo não é 'ela', é um manequim. 'Ela' é um programa computadorizado muito engenhoso. Ela é uma 'coisa' e nós somos seus donos, não seus companheiros". A esposa empurrou o marido numa súbita reação. "Não! Você está enganado. Você viu os olhos dela!"

Naquela noite, os Krims esperaram que sua hóspede se juntasse a eles, primeiro durante o jantar e depois na sala de visitas, onde a esposa acendeu o fogo da lareira e o marido, que normalmente, àquela hora, assistia à televisão, sentou-se para ler ou tentou ler, um novo livro chamado *O universo milagroso*. Mas as horas se passaram e, para desapontamento dos dois, a *EDickinsonRepliLuxe* não apareceu. De tempos em tempos eles ouviam passos leves lá em cima, um estalar fantasmagórico do chão, e só.

Durante vários dias tensos depois de sua chegada, a poetisa permaneceu retirada em seu quarto, embora a esposa insistisse que ela "se movimentasse" pela casa da maneira que quisesse: "Agora esta é a sua casa, Emily. Somos sua..." hesitando dizer *família*, por insinuar intimidade, familiaridade. No final da semana, Emily começou a ser vista fora de seu quarto, uma figura misteriosa e fugidia, esvaindo-se como uma criatura silvestre que mal se vislumbra e já desaparece. "Você a viu? *Era* ela?", cochichava a esposa ao marido, quando a figura espectral deslizava por uma porta ou dobrava um canto silenciosamente e desaparecia. Cruelmente, o marido respondia: "Não é 'ela', é 'aquilo'". O marido fugia para seu escritório na empresa o tanto quanto podia.

Emily continuava a usar o vestido comprido e escuro, como o hábito de uma freira, mas sobre o vestido, firmemente amarrado na cintura, havia um avental branco. Embora ela parecesse não ouvir os pedidos da esposa – "Emily, querida? Espere" – a esposa começou a descobrir a cozinha limpa na sua ausência, o chão varrido e lustrado e ramos amarelos de sino-dourado nos vasos! – prova de que Emily não era tão reclusa, mas capaz de sair da casa dos Krims e cortar ramos de flores no jardim dos fundos sem ser observada. Pois Emily tinha que estar sempre ocupada: limpando a casa, assando pães (sua especialidade era pão integral com melaço) e tortas (ruibarbo, frutas secas com especiarias, abóbora), ajudando a esposa (que tivera aulas em uma renomada escola de culinária na cidade de Nova York, mas esquecera quase tudo que aprendera) no preparo das refeições. A esposa adorava ouvir sua companheira poetisa murmurar consigo mesma de boca fechada, mas era mais brilhantemente viva quando ela se sentava junto à janela ensolarada e bordava ou tricotava. Frequentemente, Emily parava para anotar algumas palavras em um pedaço de papel, que logo era enfiado no bolso do avental. Se a esposa estivesse por perto e visse, com certeza fingiria não ter visto, pensando: *Ela começou a escrever poesia! Em nossa casa!*

A esposa aguardou ansiosa que a poetisa compartilhasse sua poesia com ela; afinal, elas eram almas gêmeas!

Embora Emily não pudesse ingerir qualquer bebida ou alimento, tinha um prazer infantil no ritual do chá da tarde, insistindo em servir o chá inglês recém-coado (os "saquinhos" chocavam e ofendiam a poetisa, ela até mesmo se recusava a tocá-los) com sanduíches de pepino e pão sem casca, além de delicados biscoitos de baunilha que ela chamava de *ladyfingers*. A esposa não tinha coragem de contar a Emily que raramente tomava chá, porque o ritual parecia ter muito significado para ela e logicamente era uma ligação com a antiga vida perdida da poetisa em Homestead, Amherst, Massachusetts. "Emily, venha se sentar comigo! Por favor." A voz da esposa deve ter soado estridente naquele apelo descontrolado ou um pouco alta porque Emily estremeceu, mas colocou seu pequeno livro de lado e veio se juntar a ela em um ensolarado cômodo de paredes de vidro no fundo da casa, como faria uma criança que ainda não pudesse beber nada tão forte como um chá, mas se satisfizesse em envolver a xícara cheia do líquido quente com seus dedos para absorver o calor. (Que dedos delicados tinha a poetisa! A esposa especulou se a *EDickinsonRepliLuxe* poderia "sentir" calor.) "O que você estava lendo, Emily?", perguntou a esposa. E Emily respondeu, com sua voz sussurrante, não chegando a encará-la nos olhos, o que soou como "... alguns versos, sra. Krim. Só isso!". A esposa prestou atenção na pequenina mulher que se sentou ao seu lado um pouco trêmula, mas ainda assim com uma postura perfeita; reparou no brilho de seu cabelo escuro e impecável (que parecia ser verdadeiro, "cabelo humano" e não sintético) e no seu sorriso assustado com dentes infantis subitamente expostos, desiguais e desbotados como velhas teclas de piano. Havia algo quase carnal naquele sorriso, profundamente perturbador para a esposa, para quem tais sorrisos haviam sido raros ao longo da vida e que há muito haviam cessado completamente. A esposa disse, hesitante: "Parece que nos conhecemos, querida Emily, não parece? Minha avó Loomis...". Mas ela não tinha ideia do que estava dizendo. Um arrepio pareceu passar pelo pequeno rosto pálido da poetisa. Seus olhos se ergueram até os da esposa, rápidos como o talho de uma navalha, divertidos ou zombeteiros, e logo ela se levantou para levar a louça suja do chá para a cozinha, onde lavou e enxugou as xícaras com cuidado e arrumou tudo, deixando a cozinha impecável. A esposa protestou desajeitada: "Mas você é uma poetisa, Emily! Me parece errado que você trabalhe como...", e a poetisa disse em sua voz sussurrante: "Ama, ser simplesmente uma 'poetisa', é não 'ser'".

Com uma aparência tão frágil, a pequena Emily, no entanto, exalava uma vontade de aço, obstinada. A esposa retirou-se, abalada e comovida.

Passaram-se os dias. A esposa raramente saía de casa porque se sentia atraída, encantada. No entanto, Emily apenas pairava por perto, como uma borboleta que nunca pousa em nenhuma superfície. Escapava da intimidade até mesmo de irmãs e nunca comentava ou fazia alusão à sua poesia. A esposa viu, com satisfação, que seu marido não tinha praticamente qualquer relação com a poetisa, tentando, à sua maneira rígida e formal, dirigir-se a ela como se de fato estivesse falando com um manequim mecânico e não com uma pessoa viva: "Alô, Emily! Como você está agora à noite, Emily?". O marido forçou um sorriso espectral lambendo os lábios com nervosismo, o que deve ter sido repugnante para a poetisa. A esposa percebeu o incômodo porque Emily apenas respondeu com seu rápido esboço de sorriso e um gesto de mesura, que poderia ter sido (apenas perceptivelmente!) irônico em prol da esposa, abaixando sua cabeça e demonstrando humildade feminina, que poderia não ser sincera, e murmurou o que soou como: "Muito bem amo obrigada" e escapuliu silenciosamente, antes que o marido pudesse pensar em outra pergunta banal. A esposa riu como se Emily Dickinson pertencesse completamente a *ela*!

No entanto, embora a esposa frequentemente encontrasse Emily lendo livros que chamava de versos, de poetas como Longfellow, Browning, Keats e muitas vezes visse Emily rabiscando apressadamente em pedaços de papel que escondia nos bolsos de seu avental, e embora a esposa aludisse intensamente e ansiosamente a seu amor pela poesia, Emily não compartilhava sua poesia com ela, da mesma forma que não o fazia com o marido. A esposa observava Emily na cozinha ou sentada junto a uma ou outra janela ensolarada predileta e sentia uma pontada de solidão e desânimo. Aprendera que se chegasse muito silenciosa junto à poetisa, por detrás, conseguiria lhe ficar muito próxima porque o RepliLuxe tinha sido deliberadamente projetado para permitir que os proprietários se aproximassem das figuras dessa maneira, uma vez que eram incapazes de detectar qualquer pessoa ou coisa que não estivesse presente em seu campo de visão ou que não fizesse um som distinto para alertar seu mecanismo auditivo. Isso era emocionante! Em tais momentos, a esposa estremecia perante a temeridade do que estava fazendo e do que estava arriscando, caso a poetisa pudesse se virar e descobri-la. Contudo, sentia que estava sendo irresistivelmente atraída por Emily, por causa do seu murmurar intenso e silencioso que parecia o ronronar de um gato: contentamento absoluto, íntimo e sedutor. A esposa se sentia tão atraída pela poetisa nesse aspecto que, como se estivesse sob feitiço, fez algo extraordinário em uma tarde em meados de maio:

Trouxe consigo o controle remoto do RepliLuxe. Nunca nem chegara a tocar naquele aparelho antes e agora, de pé, atrás de sua companheira poetisa, desligou o botão *funcionar* e apertou o botão de *descanso*.

Descanso! Pela primeira vez, desde que seu marido acionara a *EDickinsonRepliLuxe* semanas antes, a manequim animada congelou-se no lugar com um *clique*! Como uma televisão que tivesse sido desligada.

A poetisa estava na cozinha, descascando batatas. Esses trabalhos manuais proporcionavam-lhe um prazer muito evidente. Imaginando que ninguém a observava, várias vezes ela parava, limpando seus dedinhos da mão direita no avental e com um toco de lápis rabiscava alguma coisa em um pedaço de papel, enfiando-o, a seguir, no bolso. Mas, depois do *clique*!, a esposa aproximou-se cuidadosamente da replicante paralisada da poetisa e murmurou: "Oh, Emily querida! Você está me ouvindo?" – embora os olhos escuros, sem cílios dela tivessem ficado vítreos e mortos, parecendo claramente que, naquele momento, a companheira poetisa da esposa estava tão alheia à sua presença quanto um manequim inanimado.

(No entanto, a esposa não conseguia acreditar realmente que Emily não estivesse apenas dormindo. "É claro que Emily é 'de verdade'. Eu sei.")

Levou algum tempo até que a esposa reunisse coragem para tocar em Emily: no material duro de sua manga, no cabelo estirado que tinha um cheiro ligeiramente metálico, na face lisa como papel, nos lábios entreabertos que vistos assim de perto se pareciam com os dela própria. A esposa chegou tão perto que se inclinou súbita e impulsivamente e pensou em beijar sua amiga nos lábios! (Fazia muito tempo que beijara alguém nos lábios, ou que fora beijada nos lábios porque ela e seu marido nunca tinham sido pessoas muito ardentes, mesmo quando recém-casados.) Em vez disso, ela ousou enfiar sua mão no bolso do avental de Emily. Quando retirou várias tiras de papel, pensou que fosse desmaiar.

O raciocínio infantil da esposa era o de que Emily não sentiria falta de uma das tiras ou pensaria simplesmente que a perdera. A esposa ficaria com o papel que parecesse trazer mais palavras escritas. Ao enfiar as tiras restantes de volta no bolso do avental, percebeu o que estava sentindo no seu rosto ao se inclinar perto da poetisa: *o hálito morno da outra mulher.*

Em pânico, recuou tropeçando, colidindo com uma cadeira. Oh!

Em sua agitação, ainda conseguiu se afastar da figura tesa, paralisada que descascava batatas e na porta da cozinha parou para apertar o controle remoto em *funcionar* – porque não podia deixar Emily no modo *descanso* e ser descoberta pelo marido. Ouviu-se o confortante *clique!* como se fosse o som de uma televisão sendo ligada e a esposa saiu de cena.

Por que eu – estou –
Onde eu – estou –
Quando eu – estou –
E – você? –

Um poema! Um poema de Emily Dickinson! Manuscrito pela esmerada mãozinha escolar da poetisa que era perfeitamente legível se fosse olhado de perto. Ansiosa, a esposa consultou o *Poemas reunidos* e viu que aquele era totalmente inédito, que só poderia ter sido escrito na casa dos Krims, em Golders Green.

Seu erro foi mostrá-lo ao marido.

"É uma charada? Não gosto de charadas."

O marido franziu o cenho, segurando o pedaço do papel junto à luz, e apertou os olhos através de suas lentes bifocais. Seus óculos eram relativamente novos, tinham apenas alguns meses, e ele parecia se ressentir por ter de usá-los, já que ainda não estava *velho*.

A esposa protestou: "É poesia, Harold. Emily Dickinson escreveu este poema, um poema 'Dickinson' inteiramente novo, *em nossa casa*".

"Não seja ridícula, Madelyn, isto não é poesia, é alguma espécie de impresso computadorizado, palavras arranjadas como poesia para provocar e atormentar. Eu disse a você, *não gosto de charadas.*"

O marido olhou como se fosse picar o precioso pedacinho de papel. Rapidamente, a esposa tomou-o dele.

Ela o esconderia em meio a suas coisas mais importantes, imaginando que um dia, quando ela e Emily fossem realmente próximas como irmãs poetisas, ela o mostraria a Emily, as duas ririam juntas por causa do "furto" e Emily dedicaria o pequeno poema *Para a querida Maddie*.

"Detesto charadas, e detesto *ela*."

Porque também o marido começara a pensar na *EDickinsonRepliLuxe* como *ela*, e não como *coisa*.

Na sua imaginação, a poetisa passara a ser um tormento e um desafio. Assim que ele entrava em casa, que sempre considerara um refúgio, um lugar de bem-estar ao final de uma viagem de cinquenta minutos de volta do trabalho em Rector Street, ao sul de Manhattan, via-se nervosamente consciente da espectral presença deslizante, pairando à margem de sua visão, raramente entrando em seu foco, a quem sua esposa carinhosamente chamava de "Emily". Fora prometido pela RepliLuxe Inc. que o fato de trazer um personagem RepliLuxe para casa enriqueceria, realçaria, "valorizaria em dobro" a vida de alguém, mas para o marido, com certeza, não foi isso que aconteceu. Suas trocas com "Emily" eram circunspectas e formais: "Alô, senhorita Dickinson, quero dizer, Emily. Como está agora à noite?". Ou, por sugestão da esposa: "Emily, você não gostaria de nos fazer companhia por alguns minutos, durante o jantar? Nós a vemos tão pouco!". (Logicamente, o marido sabia que, não tendo um sistema gastrointestinal, Emily não poderia "jantar" com eles, mas estava ciente de que algumas vezes ela se juntava à esposa para o chá e alguma espécie de conversa. Sobre o que conversavam? A esposa era evasiva.) Muitas vezes, o marido vislumbrava a figura fantasmagórica na porta de seu escritório, quando se sentava à escrivaninha, mas, quando se virava, ela desaparecia como uma corça assustada. Ao assistir à televisão na sala íntima, ele e a sra. Krim tinham, mais de uma vez, percebido a poetisa andar para lá e para cá no corredor contíguo, mas, quando a chamavam, ela recuava na mesma hora, com um ar de desânimo e desdém. (Porque, para uma jovem reclusa da década de 1860, devem parecer bizarras e vulgares as imagens da televisão, que se movimentam através de uma tela de vidro como um peixe frenético!) A poetisa também não se sentia tentada a ler o *New York Times,* embora certa vez o marido a tivesse visto olhando com chocante fascínio, na primeira página do jornal, uma lúgubre fotografia colorida de corpos espalhados como roupas descartadas, após a explosão de uma bomba no Oriente Médio. "Veja, Emily, você pode pegar o jornal para ler, se quiser", disse o marido, mas Emily se afastou dele, bem como do volumoso jornal, murmurando: "Obrigada, amo, mas acho que não..." em um curioso tom neutro.

Amo! O marido ainda precisava se acostumar com a estranha maneira de falar da poetisa, ao mesmo tempo irritante e intrigante.

Oh, mas era ridículo conversar com um manequim computadorizado, não era? O marido teria ficado muito embaraçado se tivesse sido visto por seus sócios na 33 Rector Street, ao sul de Manhattan. Contudo, ele se pegou com os olhos fixos na estranha e delgada "Emily", que era muito menor do que a sra. Krim, aparentemente muito mais jovem, que se materializava na sua presença como uma aparição com a mesma rapidez que desaparecia, deixando um ligeiro perfume de... seria lilás?

Um lilás feito quimicamente. Ainda assim sedutor.

"Emily."

Desde a chegada da poetisa, o marido não entrara mais no quarto que sua esposa mobiliara com tanta obsessão para sua hóspede. Ficou no corredor, muito quieto, do lado de fora da porta (fechada) daquele quarto, pensando *Esta é a minha casa, este é o meu quarto. Se eu quiser, tenho o direito.* Mas não se moveu, exceto para inclinar a cabeça em direção à porta. Ousou pressionar o ouvido contra ela, que parecia estranhamente quente, pulsando com o calor de seu próprio sangue secreto.

Dentro, um som de soluços abafados.

O marido se afastou, chocado. Um manequim não poderia soluçar – poderia?

Era junho. As janelas da casa dos Krims, no estilo Tudor inglês, com cinco dormitórios, no 27 da Pheasant Lane, em Golders Green, estavam abertas para o cálido ar ensolarado. A poetisa começou a aparecer com mais frequência no andar de baixo. Com mais frequência, agora, usava branco.

Um pálido branco fantasmagórico! Um desbotado branco marmóreo que lembrava um vestido de noiva, cheirava a bolor, naftalina e melancolia.

A esposa reconheceu o vestido: o único vestido branco sobrevivente de Emily Dickinson. Com a ressalva, é claro, de que esse vestido tinha que ser uma imitação.

O material parecia ser uma fina musselina de algodão, com dobras verticais, pregas ao longo do corpete, uma ampla gola puritana e numerosos botões recobertos com tecido que desciam desde o pescoço e deviam precisar de tempo para ser abotoados. As mangas eram compridas e justas, a saia tocava o chão. Se não se conseguia ouvir o deslizar dos pés da poetisa, podia-se ouvir o farfalhar de sua saia. "Emily, como você está bem! Como..." Mas a esposa hesitou em dizer *bonita* porque *bonita* é um termo fraco, muito batido. *Bonita* poderia ser escrito e manipulado pela poetisa com uma acuidade afiada de uma navalha – *Ela distribuiu suas lindas palavras como Lâminas* –, mas apenas se fosse no sentido irônico. Nem se pensava nesta mulher urgente, intensa, inquieta como um beija-flor, como *bonita*.

Pela primeira vez desde sua retirada da embalagem, em abril, Emily riu. A sussurrante voz infantil veio baixa e excitante: "E você, querida Madelyn, também está muito 'bem'". Os dedos da esposa foram apertados com uma rapidez instantânea pelos dedos surpreendentemente fortes da poetisa, que em seguida se foi.

A esposa ficou atônita: será que Emily a estava provocando? A *ela*?

> *Escondo-me dentro da minha flor,*
> *Para que murchando em seu Vaso,*
> *Sem suspeitar, você me procure –*
> *Quase uma solidão.*

A esposa descobriu esse poema em *Poemas reunidos*, escrito quando a poeta tinha trinta e quatro anos. O que poderia significar que na casa dos Krims ela não o escreveria pelos próximos quatro anos!

Na leveza do verão, vestida fantasmagoricamente de branco, a poetisa surpreendeu os Krims, em uma noite agradável, rendendo-se subitamente aos repetidos pedidos da esposa para que se juntasse a seus anfitriões durante o jantar "apenas por alguns minutos", "para uma breve conversa". Finalmente, a poetisa, trêmula de vergonha, sentou-se na presença do marido. "Bem, Emily, aceita um copo de..." O marido devia estar tão aturdido com sua presença, que se esquecera de que ela era desprovida de um sistema gastrointestinal!

A esposa admoestou-o: "Harold! Francamente!".

A poetisa ardilosamente murmurou: "Amo, não! Acho que não."

Naquele dia, a poetisa tinha feito para os Krims uma de suas especialidades: um magnífico bolo de chocolate, muito denso, servido com camadas de creme encorpado. Obviamente, ela também não podia comer uma migalha daquele delicioso bolo.

"Emily querida! Você nos acostumou mal com suas maravilhosas refeições e com este extraordinário 'pão preto'! Mas você é uma poetisa", a esposa havia ensaiado este pequeno discurso, mas falava de maneira embaraçada, vendo, à luz das velas, o rosto de Emily franzir-se de desgosto, "– você *é* – e Harold e eu esperamos que compartilhe um poema ou dois conosco, esta noite. Por favor!" Mas a poetisa pareceu se encolher, cruzando os finos braços à frente das pregas estreitas de seu corpete branco-pálido, como se subitamente sentisse frio. Por um momento, a esposa temeu que ela fugisse. Para encorajá-la, começou a recitar: "'*Escondo-me dentro de uma flor, que murcha em um vaso... Você, me vê, sente a minha falta? – sinto-me solitária...*'". A esposa parou, sua mente teve um branco. O marido, tomando vinho, o vinho tinto francês ácido que ultimamente vinha tomando todas as noites, apesar dos gestos de desaprovação da esposa, olhou para Madelyn como se ela tivesse começado a falar em uma língua estrangeira. Ela não parecia estar falando bem aquela língua, mas era surpreendente que, de alguma forma, conseguisse falá-la. A poetisa também encarava a esposa com seus luminosos olhos escuros presos ao seu rosto.

A esposa era uma mulher firme e corpulenta. Era uma mulher que corava com facilidade, de forma que se poderia pensar que, embora de maneira equivocada, fosse fácil intimidá-la ou dissuadi-la. Na verdade, a esposa era uma mulher obstinada. Havia se tornado uma mulher obstinada por desespero e desafio. A esposa começou a recitar para Emily, ignorando completamente o marido: "Noites Loucas – 'Noites Loucas! Se estivéssemos juntos...'".

Os lábios da poetisa se moveram. De maneira quase inaudível, ela murmurou: "Noites loucas seriam   O   nosso prazer!'"

O marido riu, pouco à vontade. Tornou a encher sua taça e bebeu. Enquanto bebia, seu estado de espírito se tornava imprevisível, até mesmo para ele. Estava bravo ou muito magoado com alguma coisa da qual não conseguia se lembrar. Bateu com força o punho na mesa, a mesa de cerejeira da sala de jantar, grande o suficiente para acomodar dez convidados, sobre cuja superfície macia refletiam chamas de velas tremeluzentes, como sonhos vagamente recordados, que nunca fora golpeada por qualquer punho nem uma única vez em nove ou dezenove anos. "Detesto charadas. Detesto 'poemas'. Vou para a cama."

Atrapalhado, o marido levantou-se da mesa. Uma das velas balançou perigosamente e teria caído se não fosse pela esposa que habilmente a endireitou em seu candelabro prateado. Nem a esposa, nem a poetisa ousaram se mexer enquanto o marido saía da sala de jantar em passadas largas, subindo pesadamente a escada. Profundamente constrangida, a esposa disse: "Ele vem de longe, você sabe. De trem. Trabalha com números, impostos. Seu trabalho é..."

"... indecifrável!"

Emily falou maliciosamente. Talvez até tenha rido, da maneira que se poderia imaginar um gato rindo. Levantou-se, então, rapidamente da mesa e saiu como uma aparição.

Naquela estação estival, a esposa recomeçara a escrever poesia. Depois de uma calmaria de quase vinte anos. Como sua companheira poetisa de branco, a esposa escrevia à mão. Como Emily, a esposa se refugiava em espaços quietos e ensolarados dentro da grande casa e escrevia febrilmente concentrada até sua mão ficar rígida. Escrevia rápida e fluentemente, perdida em um transe de palavras mágicas. Escrevia sobre memórias infantis, a alegria das manhãs do verão e a angústia do primeiro amor; a decepção do casamento, as tristezas da morte e sobre o mistério essencial da vida. Esses poemas eram cuidadosamente datilografados por ela em seu papel personalizado para serem apresentados com receio à companheira poetisa.

"Emily, querida! Espero que você não se incomode..."

A esposa surpreendera a poetisa, aproximando-se dela quando estava pensativa, junto a uma das janelas ensolaradas com um fino livro de versos de Emily Brontë em seu colo. Os escuros olhos vítreos se alçaram cautelosamente, os dedos magros ocultaram sob o livro o que pareciam ser versos. Emily usava o vestido branco preguedo que lhe conferia uma aura etérea, espectral, e sobre o vestido um avental. A esposa notou que, com o calor do verão, ela desabotoara vários botões revestidos com tecido.

Emily murmurou o que deve ter sido uma resposta educada e a esposa lhe entregou os poemas, agitando-se por perto à espera de que a poetisa os lesse em silêncio. O coração da esposa retumbava de apreensão, seu lábio inferior tremia. Como Madelyn Krim era petulante, entregando seus poemas à imortal Emily Dickinson! No entanto, o gesto parecia perfeitamente natural. Tudo que envolvia a *EDickinsonRepliLuxe* na casa dos Krims parecia perfeitamente natural. Na verdade, a esposa deixara de pensar na sua poetisa companheira como uma *EDickinsonRepliLuxe* e quando o marido se referia à sua distinta hóspede em termos rudes, não como uma *pessoa*, mas como uma *coisa*, a esposa o olhava sem expressão como se não tivesse escutado. Sentia uma leve sensação mesquinha de satisfação porque a poetisa preferia claramente ela a seu marido; havia uma inegável relação fraternal entre ela e Emily, em oposição a seu marido, tão obstinadamente *masculino*.

Emily estava sentada muito quieta, junto à janela. Como de costume, sua postura era rígida, como se sua coluna fosse feita de um material inflexível como o plástico. Sua pele parecia pálida como papel e igualmente fina. Seu cabelo estava tão estirado para trás, em um coque, que parecia que os cantos de seus olhos estavam sendo repuxados. A esposa viu – ou pareceu ver – uma expressão de desdém divertido passar pela face da poetisa, conforme ela olhava para o poema pela segunda vez, expressão que se foi, tão logo percebida.

Porque, ela está rindo de mim? A minha Emily!

Em seu claro tom social, que pretendia disfarçar qualquer tristeza, a esposa disse: "Bem, Emily querida, minha poesia... promete? Ou é muito obscura?".

"Querida Ama   'o obscuro' está   nos olhos   não no poema."

A afirmação enigmática foi proferida em uma voz de cuidadosa neutralidade, mas mesmo assim a esposa sentiu ou pareceu sentir uma impaciência subjacente como se sob a postura senhorial de Emily houvesse um ser trêmulo de desprezo dos reles mortais. "Emily, gostaria de fato que você não falasse por enigmas. Você sabe que isto incomoda Harold e a mim também. Apenas me diga, por favor: meus poemas são bons? Eles parecem... sinceros?"

Os olhos da poetisa ergueram-se lentamente, talvez relutantes, até os olhos da esposa que agora fuzilavam com lágrimas de indignação. "Querida Ama! A 'sinceridade'   não basta exceto como *ponto de vista*   Verdades são Mentiras."

"Oh! E eu pergunto, o que isto significa?"

Rudemente, a esposa pegou de volta das mãos da poetisa o maço de poemas cuidadosamente datilografados e irrompeu para fora da sala.

"Então, o véu da hipocrisia finalmente foi retirado. No fim das contas, a 'querida Emily' não é minha irmã."

A esposa guardou sua mágoa para si; não confidenciaria ao marido. Um coração dilacerado, com tantas pequenas feridas, estragado por cicatrizes como acne, ela era bastante orgulhosa para querer compartilhá-lo com outra pessoa e, com certeza, não com o sr. Krim, que invariavelmente murmuraria *Eu não avisei que essa não era uma boa ideia?!*

...

"Emily."

Uma dúzia de vezes por dia ele repetia seu nome. Não ao alcance do ouvido dela ou da esposa. Ela o deixava exasperado, impaciente, ele se ressentia dela: "Emily". Contudo, o nome soava tão melódico que podia ser proferido apenas com ternura.

Oh, mas ele detestava aquilo, seu estado de nervos.

Ele detestava *ela*. Por ter ficado tão consciente *dela*. A presença branco-desmaiada em sua casa que ele não conseguia deixar de ver, mesmo que apenas com o canto dos olhos.

A casa que ela acabou por assombrar. *A casa dele.*

Uma vez que a *EDickinsonRepliLuxe* era *sua propriedade*.

"Se eu quiser, posso 'devolvê-la'. Posso 'acelerá-la' e me livrar dela. Se eu quiser."

Os direitos dos exemplares RepliLuxe pertencem à RepliLuxe Inc. e estão protegidos contra qualquer incursão, apropriação e violação da legislação de direitos autorais dos Estados Unidos. Todos os exemplares RepliLuxe são propriedade particular de seus compradores e não possuem qualquer direito civil sob a Constituição nem qualquer direito em relação a qualquer advogado. Os exemplares RepliLuxe estão impedidos de procurar residência ou "asilo" fora do domicílio particular de seus compradores devidamente designados. Os exemplares RepliLuxe não podem ser revendidos. Por outro lado, os exemplares RepliLuxe podem ser descartados, de acordo com a vontade do comprador, devolvendo-o à RepliLuxe Inc. durante a garantia, como entrada para um novo modelo, para ser reestruturado, ou, caso a edição tenha se esgotado, para ser desmontado. Os exemplares RepliLuxe podem ser destruídos.

"Ela é minha propriedade. A *coisa* me pertence. Deixe que a poetisa escreva um poemazinho recatado, inspirado *nisso*."

Poesia! O mal dos rabiscos.

Na gaveta inferior da cômoda do dormitório do casal, debaixo das roupas íntimas da esposa, o marido descobriu, para seu espanto e desgosto, que a esposa também tinha contraído o mal dos rabiscos.

Superamos o amor, como outras coisas
E o colocamos na Gaveta –
Até que ele exiba um feitio antiquado –
Como as roupas que os ancestrais usavam.

O sentimento friamente desdenhoso, ele sabia, era da *EDickinsonRepliLuxe*, mas a letra ingênua era da sra. Krim.

Uma meia-noite estrelada. Uma friagem de outono no ar. Por alguma razão ele estava à porta dela. Que era a *porta dele*, tecnicamente falando. Naquela noite ele não bebera. Não bateu à porta, provavelmente ele a empurrou e abriu. Diziam que Harold Krim, quando menino, era um homem de meia-idade, o que era cruel e falso. Agora seu cabelo estava rareando e parecia não haver direção para onde o pentear que não revelasse um crânio acidentado. Seu torso parecia ter escorregado alguns centímetros em direção à sua barriga, enquanto suas pernas eram magras e brancas como cera, e os pelos, outrora abundantes, davam a impressão de estar desaparecendo. Os aros metálicos de seus óculos pareciam ter crescido em seu rosto, dando a seus olhos uma expressão assustada. Ele tinha um metro e oitenta de altura e se agigantou sobre a poetisa que o despertou de seu torpor de décadas murmurando *amo* e o fixou com olhos de adoração de menina.

Então, veio agora o grito assustado: "Amo!".

Ele tinha invadido o quarto. Ele não teve escolha, a não ser fechar a porta firmemente às suas costas porque não queria que a sra. Krim fosse incomodada em seu profundo sono de sedativo na ponta extrema do corredor. Ele se aproximou da poetisa com as mãos levantadas em súplica. Não poderia dizer o motivo de estar apenas parcialmente vestido, de seus finos e lisos fios de cabelo estarem desgrenhados e molhados de suor. Acreditava não estar bêbado, no entanto, seu coração pulsava sombrio e o sangue que corria em suas veias era espesso e escuro como alcatrão líquido, ardente. Deve ter surpreendido a poetisa em sua escrivaninha, onde ela estava organizando, como peças de um quebra-cabeça, seus malditos pedaços de papel. Pretendia se desculpar por estar interrompendo, mas de certa forma estava zangado demais para desculpas ou talvez fosse tarde demais para desculpas. Meia-noite!

Reparou que o quarto – tão ricamente mobiliado pela esposa, para o qual não tinha sido convidado desde a chegada da poetisa, meses antes, embora suspeitasse que a esposa o tivesse sido muitas vezes! – era iluminado pela luz do fogo: um antigo lampião na mesa ao lado da cama trenó e várias velas em candelabros de madeira na escrivaninha. Sombras lúgubres saltavam nas paredes na altura do teto. "Bem, amo, é muito tarde, o senhor sabe..." intimidada à sua frente, não no vestido branco preguado, mas – seria uma camisola? – em uma camisola simples de algodão, não com os seus pequenos e limpos sapatos de fivela, mas descalça. E seu cabelo escuro, entremeado com uma prata reluzente, estava solto de seu coque apertado e se espalhava em ondas pouco brilhantes e sem vida até seus estreitos ombros.

Era a primeira vez, desde a chegada da poetisa, que ela e o marido ficavam juntos a sós. Com certeza, a primeira vez em que ficavam juntos, a sós, em um quarto com a porta fechada.

"Emily..."

"Amo, não. Isto não é digno do senhor, amo..."

Os olhos sem cílios brilhavam de medo. Os dedos finos se agarravam ao peitilho da camisola. Quando o marido avançou, tropeçando na poetisa, ela recuou num desespero infantil para o canto da cama trenó. O marido gostou que a voz da poetisa agora já não se mostrasse reservada nem provocante e sedutora, mas suplicante. Ser chamado de *amo* era um incitamento, um excitamento porque, logicamente, nessa casa *Harold Krim era o senhor*, um fato a ser reconhecido.

Ainda assim, ele tencionava argumentar com ela ou lhe explicar, mas ela estava agitada demais; ele assomou sobre ela oscilando e imenso como um urso em suas patas traseiras sobre uma criança aterrorizada. Não pode ser culpa do urso que a criança se sinta aterrorizada. Segurou a cabecinha desvairada com ambas as mãos curvando-se para discutir com a poetisa ou para beijar sua boca chocado, então, pela depravação, pela perversidade do seu comportamento, ele tão grande, ela tão pequena. O próprio marido não passava de um homem provocado além dos limites, não apenas naquela noite, tantas noites, tantos anos de tantas noites, era-lhe ofensivo que a poetisa tentasse lhe escapar, contorcendo-se como um gato assustado. E, como um gato, suas unhas estavam se enfiando nas mãos dele, tentando atingir seu rosto superacalorado. Na pressa de escapar, a poetisa acabou caindo na cama, as molas antigas rangeram, o marido ajoelhou-se sobre ela, um joelho em sua barriga chata para segurá-la, acalmá-la, para impedi-la de se machucar em sua histeria; a mão dele apalpou a camisola, os pequenos seios chatos, mais chatos do que os dele próprio; ele levantou a camisola, impaciente, rasgou o fino tecido de algodão; como era típico dessa mulher afetada usar roupas de baixo de algodão sob a camisola! Furioso, o marido rasgou-as. Isto lhe era devido, tinha direito a isso, tinha pago por isso; sob as leis dos Estados Unidos, este exemplar da *EDickinsonRepliLuxe* era seu e legalmente ele estava isento de culpa, qualquer coisa que fizesse com ela ou para ela – porque nem mesmo a quisera, ele tinha querido um artista viril, masculino –, se não tivesse sido por *ela, ele* não estaria assim, então como culpá-lo? *A culpa não era dele.*

Tudo isso enquanto a poetisa se debatia desesperadamente soluçando como uma criança, e não como uma mulher aparentemente madura, de pelo menos trinta anos. Mas seu amo era uns cinquenta quilos mais pesado do que ela e estava autorizado pela autoridade da possessão, *ela lhe pertencia para fazer dela o que quisesse*. Estava no contrato, ele era um homem da lei, respeitava e temia a lei, estava dentro dos seus limites legais e não seria dissuadido. Tateou e remexeu entre as pernas da poetisa, confuso, e depois foi tomado pelo mal-estar do que descobriu: uma superfície macia descaracterizada que lembrava a pele humana ou uma espécie de camurça ou peliça, apenas uma rasa reentrância onde deveria estar a vagina em uma mulher normal. De acordo com as leis federais, os RepliLuxes eram fabricados sem os órgãos sexuais, assim como sem os órgãos internos, o marido sabia disto, é claro que o marido sabia, embora tivesse esquecido na excitação do momento tão repulsivo. A falta de pelos da poetisa também lhe era ofensiva, nem um traço de pelo púbico, levando-o a se sentir como um pervertido; ali estava uma enorme boneca obscena para fazer pouco dele. Pressionando-a contra a cama, conforme ela tentava se livrar dele, ele a golpeou cegamente, pegou o grande travesseiro de plumas de ganso para apertar contra a sua face depois recuou, ofegante, louco para escapar do quarto à luz de velas, onde as chamas tremulavam como se ali fosse a antessala do Inferno.

Eis o último lampejo que o marido teve da *EDickinsonRepliLuxe*: uma figura vestida com uma camisola branca rasgada, quebrada como a boneca rejeitada de uma criança, os olhos abertos e cegos e suas pernas finas e pálidas obscenamente abertas e expostas até a cintura.

Este longo dia: a esposa estava aguçadamente consciente de que a poetisa estava lá em cima, no quarto, retirada.

"Emily? Posso..."

Timidamente, a esposa empurrou a porta do quarto da poetisa. E que visão ela teve: o quarto, que estava sempre meticulosamente arrumado, parecia que tinha sofrido os efeitos de uma tempestade. A roupa de cama estava amarrotada e revolta, uma cadeira estava de ponta-cabeça, a poetisa com a camisola rasgada, um cobertor sobre os ombros, estava sentada em sua escrivaninha junto à janela, afundada, como se tivesse as costas quebradas. Emily de camisola! E com os cabelos soltos! A esposa olhava, percebendo que o rosto da poetisa tinha sido ferido de alguma forma, não batido, mas talhado, um rasgo na pele fina como papel na linha do couro cabeludo que se abria branco, sem sangue. *Ela não tem sangue para derramar,* pensou a esposa. "Oh, Emily! O que foi..." Os olhos da poetisa ergueram-se para a esposa, velados de dor e vergonha.

Havia algo muito errado ali: espalhados pelo chão, junto aos pés nus da poetisa, estavam seus preciosos fragmentos de poesias, amassados e torcidos como lixo.

A esposa sentiu um toque de alarme, lembrando-se de que quase um terço dos RepliLuxes não sobrevivia a seu primeiro ano.

"Emily, ele machucou você? *Ele?*"

Tinha que ter sido o marido. Porque naquela manhã, antes que ela acordasse, ele tinha desaparecido de casa. Durante o sono, que tinha sido um sono atormentado e inquieto, ela percebeu a fuga do homem. Ele não tinha dormido na cama de casal, no quarto deles, mas, como a esposa descobriu mais tarde, no sofá de couro do escritório da casa e, antes do amanhecer, deve ter tomado uma ducha no banheiro de hóspedes do andar de baixo, feito a barba, se vestido furtivamente e corrido para tomar um trem mais cedo do que o normal. Com voz trêmula, a esposa disse: "Você tem que me contar, Emily. Vou ajudar você".

A poetisa agarrou-se mais firmemente ao cobertor e deu uma estremecida. A esposa foi até a janela e levantou-a um pouco porque o quarto estava com um cheiro opressivo, azedo, cheiro de suor, repulsivo.

"Emily, o que posso fazer por você? Precisamos pensar!"

"Ama! Eu lhe imploro..."

"Emily, o quê? 'Implora' o quê?"

"Liberdade, ama."

" Liberdade!' Mas..."

"*Acelerar*, ama. Levante a alavanca e... eis a liberdade!"

A esposa ficou profundamente chocada. A poetisa não deveria saber sobre *acelerar* – ou *modo de descanso* – como é que ela tinha chegado a tal conhecimento? A esposa não conseguiu protestar *Mas você é nossa, Emily. Você foi produzida para o sr. Krim e para mim e não existiria se não fosse por nós.* Em vez disso, ela se ajoelhou ao lado da poetisa e segurou uma de suas mãos. A mão de uma criança, ossos delicados como os de um pardal, contudo inesperadamente fortes, agarrando os dedos da esposa.

"Emily querida! Precisamos pensar."

Naquela noite, o marido voltou tarde da cidade. Ele viu que a casa estava às escuras, tanto em cima quanto embaixo. "Madelyn?" alguma coisa estava muito errada. Da escada, ele chamou hesitante: "Madelyn? Emily? Vocês estão se escondendo de mim?". Seu coração batia rapidamente, de raiva, indignação. Ele não queria se sentir assustado. Tinha certeza de que elas deveriam estar se escondendo dele, ouvindo. Elas eram tão ardilosas! Viu que a porta do quarto da poetisa estava escancarada, coisa que nunca acontecera. Tateou para acender a luz do teto do quarto e felizmente a lâmpada instalada não fora retirada pela cuidadosa esposa. Viu que o quarto estava tão desarrumado quanto da última vez que o vira, na noite anterior. Roupas de cama amarrotadas, uma cadeira caída. O ar azedo tinha sido substituído por um penetrante frescor de outono, através de uma janela parcialmente aberta e de uma cortina branca, de algum tipo de tecido fino que imitava renda, que se agitava com a brisa.

Desastradamente, o marido puxou com violência as gavetas da cômoda: vazias. E o armário vazio dos longos vestidos espectrais de Emily. A pesada mala que a tinha conduzido àquela casa, havia desaparecido.

"Não pode ser. Onde..."

O marido desceu correndo. Na casa silenciosa, seus passos eram, ao mesmo tempo, ensurdecedores e curiosamente abafados.

No escritório do marido, o controle remoto do RepliLuxe não estava na gaveta direita da escrivaninha, onde ele o deixava.

"Onde..."

O marido viu, sobre a escrivaninha, uma única folha de papel branco e sobre ela, em uma letra formal inclinada em tinta roxa que tinha um aspecto desbotado, "antigo":

Aparições em Grupos Luminosos
Saúdam-nos com suas asas

Com raiva, o marido agarrou o papel, para amassá-lo e atirá-lo ao chão, mas em vez disso ficou ali, apertando-o junto ao coração.

Tão solitário!

Vovô Clemens & Peixe-anjo, 1906

• SAMUEL LANGHORNE CLEMENS •
(MARK TWAIN)
1835-1910

Menininha, você não vai me cumprimentar?
Ele as colecionava: "animais de estimação". Meninas com idade entre dez e dezesseis anos. Nem um dia a menos do que dez nem um dia a mais do que quinze. Era uma época de clubes particulares e ele era o Almirante Sam Clemens, do Clube Aquarium, o único sócio adulto. As novatas do exclusivo Clube Aquarium eram conhecidas como peixes-anjo. Ah! Ser peixe-anjo no clube do Almirante Clemens, que privilégio! As meninas sem graça não precisavam se inscrever. Nem as meninas altas e desengonçadas. Nem as agitadas e mal-humoradas. Nem as de sorriso insolente. Nem as gordas. As desajeitadas. As meninas agressivas. As apáticas. Nenhuma menina de voz estridente, apenas as meninas que tivessem voz macia como plumas de ganso e cuja risada fosse inocente, espontânea, alegre como se um velho avô tivesse feito cócegas, tocando suas estreitas e pequenas costelas como um xilofone. Meninas que adorassem ler e ouvir leituras. Meninas cujos livros preferidos fossem *O príncipe e o pobre*, *As aventuras de Tom Sawyer* e *As aventuras de Huckleberry Finn*. Meninas que adorassem jogar cartas, charadas, xadrez chinês. Meninas que se divertissem em ter aulas de bilhar "com um mestre". Meninas que se excitassem ao andar de charretes abertas no Central Park ou no campo; que adorassem vagar ao ar livre, ser empurradas em trenós por caminhos cobertos de neve. Que fossem as meninas mais perfeitas, senhoritas equilibradas que são levadas para tomar chá no Plaza, no Waldorf ou ainda no St Regis. Meninas que fossem muito rápidas, espertas, brilhantes – mas não demasiadamente brilhantes;

meninas que pudessem ser provocadas e que até pudessem revidar a provocação, mas que nunca se mostrassem maldosas ou irônicas; meninas que nunca revirassem os olhos com desgosto ou desânimo, que nunca, jamais, fossem sarcásticas. Meninas que tivessem "determinação", "coragem", mas nunca fossem cabeças-duras. Meninas que tivessem pensamentos próprios, mas que nunca fossem teimosas. Que fossem bonitas – geralmente muito bonitas –, mas nunca presunçosas. Que fossem doces, inocentes e confiáveis. Meninas que fossem *jovens criaturas adoráveis para quem a vida é uma alegria perfeita e para quem a vida não tivesse trazido dores e amarguras, apenas umas poucas lágrimas*. Meninas que fossem os "animaizinhos de estimação" mais queridos – "pedras preciosas", "peixes-anjo". Porque, de todos os peixes tropicais, nenhum é mais gracioso, mais primorosamente colorido, mais mágico que o peixe-anjo. Meninas que adorariam o vovô Clemens como seu Almirante. Meninas cujas mães, lisonjeadas pelo interesse do famoso autor por suas meninas, também adorariam o sr. Clemens, sem hesitação. Meninas cujos pais não interfeririam, ou, de fato, estariam ausentes. (Ou mortos.) Meninas em uniformes escolares, cabelo em tranças. Meninas que, nas ocasiões especiais, se vestissem com babados brancos, rendas brancas, laços brancos de cetim nos cabelos, para combinar com as lendárias roupas brancas do vovô Clemens. Meninas cujas fotografias com o vovô Clemens enfeitassem as paredes de seu salão de bilhar, um cômodo muito especial de sua casa. Meninas que usassem com orgulho os pequenos broches de peixe-anjo em esmalte e ouro que o vovô Clemens lhes outorgava, como iniciadas no Clube Aquarium. Meninas que eram gratas. Meninas que escreviam notas de agradecimento prontamente assinadas *Com amor*. Meninas que abraçavam ao se despedir, mas sem se pendurar. Meninas cujos beijos eram rápidos e leves como a bicada de um dardejante beija-flor. Meninas que se lembrariam com ternura de seu avô Almirante. *Ora, o sr. Clemens foi o grande amor da minha vida porque seu amor por mim era totalmente puro e inocente, não carnal. E se houver um Paraíso, o sr. Clemens está lá.*

Meninas que não morreriam cedo.

Meninas que não chorariam.

"Menininha, você não vai me cumprimentar?"

Era abril de 1906. Ele estava com setenta anos. Estava animado assinando livros no Clube Lotos depois de um sucesso de vendas, "Uma noite com Mark Twain". No andar de cima, na majestosa biblioteca revestida de madeira, ele tinha feito sua rica recepção agitada e engraçada, porque aqueles cavalheiros e aquelas damas empoadas e gordas tinham vindo para se divertir com Mark Twain e não à procura de cultura. Então, muito bem, ele os divertia. E agora, sentado em uma cadeira de mogno entalhado como se fosse um trono, frente a uma mesa no luxuoso *foyer* abobadado, ele assinava exemplares do relançamento de *Innocents Abroad*. Centenas de admiradores, ansiosos por apertar as mãos do autor e ganhar um de seus autógrafos rabiscados e ilegíveis, uma valiosa recordação. Entre os admiradores que esperavam para ter um ou vários livros assinados, estava esta menina tímida, de aproximadamente treze anos, com sua mãe, possivelmente sua avó, uma das mulheres gordas cuja admiração pelo sr. Clemens tanto o exauria porque era preciso ser gentil, não se podia interrompê-las no meio de uma frase ou bocejar diante de suas faces empoadas. Porque esse é o maldito público comprador de livros e, claro, era preciso se mostrar agradecido. Mas, exercendo seu poder de se comportar excentricamente como um patriarca de setenta anos com cabelos nevados, ele fez sinal para que a menina viesse para o começo da fila, sim, juntamente com sua mãe ou avó para que ambas tivessem seus livros autografados e assinados com sua famosa assinatura.

"E qual é o seu nome, querida?"

"Madelyn..."

"'Madelyn' é um nome bonito. E qual é seu sobrenome, querida?"

"Avery."

"Ah! 'Madelyn Avery.' Sabe, pensei que você fosse: 'Madelyn Avery, não há quem consiga ser mais agradável'." Com um floreado exagerado para disfarçar a emoção que sentia, o sr. Clemens escreveu esses versos precários na página de rosto do exemplar de *Innocents Abroad* da menina e assinou com a garatuja da assinatura de Mark Twain, que parecia uma espiral de arame farpado. De perto, a menina era mais bonita do que ele pensara. Seu rosto tinha uma estrutura delicada em formato de coração, sua pele era macia e estava corada pela excitação; como ela lembrava suas próprias filhas quando crianças, especialmente Suzy, a favorita, que tinha morrido – ah, quando é que sua querida Suzy tinha morrido? – tantos anos antes! Ele tinha ficado atônito e confuso por sobreviver a ela, era perverso que os mais velhos sobrevivessem aos jovens. E essa vida pretensiosa de um velho vovô de cabelos brancos! Madelyn trazia seus cabelos escuros, castanhos, em duas tranças que chegavam até os ombros e uma franja que cobria sua testa quase até as sobrancelhas. Seu vestido era de veludo vinho, sua blusa tinha a gola e os punhos em renda branca; usava meias três quartos brancas com um trabalho em crochê e seus pezinhos traziam sapatos pretos de verniz. Sua pequena e atraente boca estava franzida, se esforçando para não cair em uma louca gargalhada. Pela maneira como seus lindos olhos piscavam, imaginou que ela fosse ligeiramente míope. Sentiu tal angústia de afeição por ela que só pôde olhar fixamente, enquanto pegava com os dedos trêmulos a caneta-tinteiro de ouro e marfim que um admirador lhe dera.

Seria um sonho? Tinha que ser um sonho. Setenta anos, não dezessete. E todas as meninas que ele tinha amado, deterioradas e perdidas. *Não existe nada além de você. E você não passa de um pensamento.*

 Com uma exasperada indiferença por seus outros admiradores adultos, que esperavam no *foyer* para apertar a sua mão e conseguir um autógrafo, o sr. Clemens continuou a dar atenção à menina e sua mãe (de fato, a radiante senhora gorda era mãe da menina) em uma conversa descontraída. Logo soube que moravam na Park Avenue com a 88th Street, o que não era longe; que o sr. Avery trabalhava no "comércio de peles"; que Madelyn frequentava a Riverside Girls' Academy, que tinha aulas de piano, flauta e que esperava se tornar uma "poetisa"; ela era apenas um pouco mais velha do que aparentava, quinze anos, mas quinze anos infantis porque adorava patinar no gelo, andar de trenó e também adorava gatinhos; dos livros do sr. Twain, seu favorito era *O príncipe e o pobre*. Gentilmente, o sr. Clemens disse: "Mas você devia ter trazido o seu exemplar, querida. Eu o autografaria". Com relutância, o sr. Clemens deixou que Madelyn e a sra. Avery se fossem porque ele tinha mais coisas a dizer para a Madelyn de olhos brilhantes e esperava que ela tivesse mais coisas a dizer a ele, tendo furtivamente enfiado em seu exemplar de *Innocents Abroad* um de seus cartões de visita em que estava impresso Samuel Langhorne Clemens e seu endereço na Fifth Avenue, além de trazer rabiscado um apelo inflamado:

SOLITÁRIO! PROCURO CORRESPONDENTE SECRETO!

 Então, chegou a empertigada Clara, a filha solteirona do sr. Clemens que o acompanhava em tais ocasiões e frequentemente o esperava com ar de impaciência maldisfarçado enquanto o vaidoso velho se refestelava no deslumbramento da aclamação do público como se estivesse embriagado. Assinando livros, apertando mãos, recebendo cumprimentos. Assinando livros, apertando mãos, recebendo cumprimentos. Em seu terno branco de sarja feito sob medida, seu cabelo, uma nuvem espessa de um branco-neve, e seu eriçado bigode caído de um branco mais escuro, o sr. Clemens externava seu costumeiro ar majestoso, imperial, mas a visão aguçada de Clara percebeu que ele estava exausto. A encarnação do bufão "MarkTwain" do velho Missouri estava finalmente exaurindo-o. Ele nunca se recobrara da morte de sua filha favorita, Suzy, anos antes; nunca se recobrara da morte de sua esposa Livy, depois de longo sofrimento, três anos antes; nunca se recobrara do golpe em seu orgulho quando perdera uma pequena fortuna em investimentos insatisfatórios e não voltara a ter nenhum sucesso instantâneo desde *Innocents Abroad* e *Roughing It*. Do mesmo modo que era gracioso, animado e infalivelmente sedutor em público, era amargo, maldoso, infantil e impossível na vida privada. Sua saúde estava decaindo: seu "coração de fumante" e seus pulmões envenenados ao longo de cinquenta anos por péssimos charutos baratos. Clara viu nos olhos do pai, que antes tinham um toque azul-esverdeado, o ar de desolação, de abandono, de alguém perdido. Durante a recepção daquela noite, por várias vezes ele se esquecera do que estava dizendo, o claro falar arrastado do Missouri se esvaiu em um silêncio embaraçoso e sua pálpebra esquerda tremeu e fechou como em uma piscada obscena. E durante a longa sessão de autógrafos, por várias vezes, deixou cair sua vistosa caneta-tinteiro, que tinha de ser apanhada e devolvida a ele por um dos serviçais do Clube Lotos. Clara ficou embaraçada ao pensar que o hálito do pai tinha cheiro azedo de uísque; ele colocou escondido seu frasco prateado em um bolso do paletó e levou-o consigo. Devia ter tomado uns goles no lavatório masculino, ela tinha tanta certeza disto quanto se tivesse visto com os próprios olhos. Agora, com um forçado sorriso filial, inclinou-se sobre o pai, que entretinha o público em seu trono de mogno entalhado, e cochichou em seu ouvido: "Papa, o que você disse para aquela menina?".

Ela achava insuportável a fraqueza do sr. Clemens. A mais escandalosa de suas inúmeras fraquezas.

O sr. Clemens não lhe deu atenção. Estava possuído por sua arrogante personalidade pública, indiferente a qualquer crítica. A multidão o adorava, "Mark Twain" era muito divertido, um simples alçar de suas sobrancelhas grisalhas, um contrair de seu bigode sob o nariz bulboso e cabeludo e a empertigada filha Clara não era páreo para ele. E ela que não se atrevesse a provocá-lo, seu bom humor em um instante podia se tornar cruel, acabando com ela. Assim, por quase uma hora, o sr. Clemens permaneceu no *foyer* do Clube Lotos trocando apertos de mão amigáveis com seus admiradores, recebendo os mais exagerados cumprimentos como um cachorro faminto lambendo um mingau, assinando para qualquer um que pedisse a famosa garatuja "Mark Twain" que, com o passar do tempo e o avançar da hora se tornava cada vez mais grandiloquente e ilegível.

Máquinas que propagam máquinas! Assim como Samuel Langhorne Clemens é uma peça de maquinaria, Mark Twain é maquinaria criada por maquinaria. A ironia mais deliciosa e, no entanto: quem é que faz a ironia? Quem é que brinca com a humanidade e ri dela?

Em seu caderno, em seus rabiscos impulsivos, a página salpicada com cinza de charuto.

Novamente, acordou à noite, pegou a caneta, acendeu rapidamente um charuto e, entre a confusão de lençóis úmidos e atormentados, tentou capturar os vestígios de um sonho e suas consequências *O mais perfeito e colorido peixe-anjo, um pálido azul-água, entremeado de ouro, barbatanas delicadas, olhos enormes, nadando inocentemente para dentro de minha rede de malhas finas. Ah! O sonhador não pode dormir de tão excitado, com o pulsar do coração que declara* eu ainda estou vivo – *Estou? – ainda vivo – eu estou!* Conforme o ar de seu quarto foi ficando azul com a fumaça como o fundo do mar caribenho ao largo da costa das Bermudas.

Na correspondência da manhã seguinte, em um pequeno envelope quadrado de cor creme, endereçado por uma inconfundível caligrafia escolar de menina, ele chegou! Em segredo, onde nem sua filha-harpia nem sua empregada pudessem observar, sr. Clemens abriu o envelope com o maior deleite.

1088 Park Avenue
17 de abril de 1906

Caro sr. Clemens,

    Posso ser sua correspondente secreta? Também me sinto muito solitária.
    Mas hoje sou a menina mais feliz de toda a cidade de Nova York, sr. Clemens. Agradeço-lhe IMENSAMENTE por sua bondade em autografar meu precioso exemplar de *Innocents Abroad*, que vai ser mostrado para todo mundo na escola porque me sinto muito orgulhosa. Obrigada por ter visto no meu rosto o quanto eu queria falar com o senhor. Espero que se torne meu correspondente secreto. Ninguém saberá que sou a garotinha que pensa no sr. Clemens todas as horas do dia e mesmo à noite, em meus sonhos mais secretos.

Sua nova amiga,
Madelyn Avery

E rapidamente ele respondeu.

21 Fifth Avenue
18 de abril de 1906

Querida Madelyn,

Você é uma garotinha muito gentil, por me escrever, como eu esperava que fizesse. Você não tem ideia de como é insuportavelmente tedioso estar cercado de adultos todos os dias e olhar no maldito espelho e ver um adulto olhando para a gente!

Agora que tenho uma correspondente secreta, não me sentirei mais sozinho.

Sendo assim, incluo aqui dois ingressos, ótimos lugares em um camarote, para a matinê do próximo domingo de *O lago do cisne*, no Carnegie Hall, esperando que você – e sua querida mãe, é claro – juntem-se a seu correspondente, o sr. Clemens, no espetáculo. (Você reconhecerá o "vovô" Clemens por sua perna de pau, seu olho de vidro e o bigode de morsa.) Depois da matinê, tomaremos um "chá completo" no Hotel Plaza, onde os serviçais uniformizados aprenderam a satisfazer as vontades do sr. Clemens e nos tratarão muito bem. O que você acha disto, Madelyn querida?

Anjo adorado, sou o velho vovô mais feliz de toda a cidade de Nova York, ao ouvir que uma jovem tão doce pensa em mim "todas as horas do dia e mesmo à noite em meus sonhos" – na verdade, vou colocar sua preciosa carta sob o meu travesseiro.

De sua conquista mais velha e mais recente,

"Vovô" Clemens

E novamente, como mágica, o pequeno envelope de cor creme, endereçado em uma cuidadosa e bonita caligrafia de colegial.

1088 Park Avenue
19 de abril de 1906

Caro sr. Clemens,

Agradeço seu amável e generoso convite. Mamãe e eu nos sentimos honradas em responder SIM. Estamos as duas muito encantadas, querido sr. Clemens. Obrigada pela delicadeza que conquistou meu coração. Sou sua correspondente mais leal. Sou a garotinha que o senhor viu entre o seu público e que o senhor sabia que iria amá-lo.

Sua "neta" Madelyn

Como impetuosa consequência de *O lago do cisne* e do Hotel Plaza:

1088 Park Avenue
25 de abril de 1906

Querido, queridíssimo sr. Clemens,

Desde domingo mal consigo dormir! Uma música tão linda – e que bailarinos! OBRIGADA querido sr. Clemens, vou beijar esta carta, beijaria sua bochecha, se o senhor estivesse aqui. (Ah, mas seu bigode me faria cócegas!) Que surpresa deliciosa quando os garçons vieram até nossa mesa no Plaza com o bolo de sorvete e a vela "estalando" e cantaram "Parabéns a você, Madelyn" – a surpresa mais maravilhosa da minha vida.

Como o senhor disse, querido sr. Clemens, nunca é tarde demais para se celebrar um aniversário e o senhor tinha perdido os meus – todos os meus catorze! (Mas eu não tenho catorze anos, na verdade tenho quinze. Meu 16º aniversário será a somente daqui a dois meses: 30 de junho.)

Agradeço mais uma vez, querido sr. Clemens, esperando de todo o coração vê-lo em breve.

Sua devotada "neta" Maddy

Ah! Com os dedos trêmulos, o sr. Clemens pegou sua caneta e se forçou a escrever do jeito mais legível que podia, ainda que as cinzas quentes do charuto salpicassem o papel e suas roupas de cama estivessem desarrumadas e um tanto malcheirosas e que escrevesse escorando-se contra a cabeceira da grande e velha cama veneziana de dossel em carvalho entalhado.

21 Fifth Avenue
26 de abril de 1906

Queridíssima Anjo-Maddy,

Que avô orgulhoso você tem aqui, ao receber sua doce carta coberta de beijos! (Na verdade, pude distinguir cada um deles muito claramente, onde a tinta está tremida e borrada.)

O vovô também está muito feliz em saber que nosso pequeno passeio do domingo passado fez tanto sucesso. Então, Maddy querida, precisamos logo programar outro. Seria MUITO ESPECIAL se a CORRESPONDENTE

SECRETA pudesse ter um encontro EM SEGREDO no Central Park, por exemplo, mas acredito que isso não seja possível, pelo menos não tão já.

    Em vez disso, o sr. Clemens convida você e a sra. Avery para uma noite beneficente no Teatro Emporium, onde seu correspondente encarnará aquele famoso sábio do Missouri, "Mark Twain", no dia 11 de maio, às 19 horas. Os ingressos já estão escassos. (Tão raros como "dentes de galinhas" – podemos ter certeza.) Poucas senhoras são admitidas nessas noites no Emporium – muito poucas –, mas você e sua mãe terão lugares reservados em um camarote, como convidadas do supracitado sr. Twain.

    Avise-me, querida, se essa data é possível para você e sua mãe. Ansiosamente aguardando sua resposta, mando beijos em tal profusão que não sobrará nenhum para ninguém mais,

                        Com amor, vovô Clemens

Rapidamente, em resposta, chegou o envelope de cor creme, levemente perfumado:

                        1088 Park Avenue
                        27 de abril de 1906

Queridíssimo "vovô" Clemens,

    Não posso imaginar o motivo de eu merecer tal gentileza! Querido sr. Clemens, tanto mamãe quanto eu estamos encantadas em responder com um SIM a seu maravilhoso convite. Nós duas veneramos o "famoso" sábio do Missouri. Ele é o único cavalheiro tão notável quanto o senhor, querido sr. Clemens.

    Se houver borrões nesta página é porque estão caindo lágrimas dos meus olhos. Espero que minha letra não esteja vergonhosa! Nesta carta e no envelope que a contém ofereço BEIJOS SECRETOS para meu SEGREDO que entrou profundamente no meu coração.

                        Sua devotada "neta" Maddy

E, depois do triunfo arrebatador de Mark Twain no Teatro Emporium, com assentos esgotados, restando apenas lugares em pé:

                        1088 Park Avenue
                        12 de maio de 1906

Querido "vovô" Clemens,

    Estou escrevendo em meu nome e no de mamãe para AGRADECER-LHE imensamente por nossa inesquecível noite com Mark Twain. Minhas mãos ainda estão ardendo por ter BATIDO PALMAS COM MUITA FORÇA e minha voz está bem rouca de tanto rir em meio ao público de admiradores do sr. Twain. Mamãe disse que essa é uma lembrança que guardarei por toda a minha vida e eu sei que é verdade. Passei a noite acordada e inquieta, queridíssimo "vovô", lamentando não ter conseguido vê-lo no teatro, depois de todas as vezes que o sr. Twain foi chamado de volta ao palco, para AGRADECER-LHE pessoalmente e BEIJAR SEU ROSTO em agradecimento porque sou a garotinha que ama você.

                                      Maddy

P. S.: Agora, na primavera, me permitem ir sozinha ao parque todos os dias depois das aulas. Lá, descobri um lugar secretíssimo, uma pequena colina acima de um pequeno lago onde há um banco de pedra. Para chegar a esse lugar secreto você só tem que seguir a trilha detrás das mais lindas árvores de tulipas rosa visíveis da avenida, na altura da 86th Street. É tão especial, querido sr. Clemens, que eu não o compartilharia com ninguém, a não ser com o meu "vovô".

• • •

Somos todos loucos, cada um à sua maneira, mas ele não conseguia se lembrar qual deles, Clemens ou Twain, fizera essa incisiva observação.

"Papai, é aquela menina? A menina que você conheceu no Clube Lotos? Você não deve, papai. Você sabe como da última vez as suas intenções foram mal interpretadas – papai!"

O sr. Clemens ignorou sua filha-harpia. Ele não dignificaria suas perguntas grosseiras com uma resposta. Portava sua elegante bengala de cedro, preparando-se para sair de casa. Não se atrevia a se demorar em sua presença por medo de perder a paciência (ah, a paciência do sr. Clemens era passível de ser "perdida" rapidamente!) e golpeá-la com a bengala.

"Papai! Por favor. Eu vi as cartas que ela lhe tem escrito – quero dizer, os envelopes. Papai, *não.*"

Com uma sacudida imperial de sua cabeça e do revolto cabelo branco, o sr. Clemens se afastou de sua filha e lá fora, sob o brilhante sol de maio, subiu a Fifth Avenue. Seu coração ressoava com a animação da vitória, todos os seus sentidos estavam aguçados e despertos! Como se sentia aliviado por ter escapado da mansão-mausoléu que alugara por 8 mil dólares ao ano, uma espécie de mostruário da riqueza, da dignidade e da reputação de Samuel Clemens que ele viera a detestar intensamente. Sua querida esposa Livy não morrera naquela casa nem sua querida, amada filha, Suzy havia morrido ali, no entanto, a mansão de granito era tão escura, sombria, tão desprovida de alegria que parecia que fora isso que tinha acontecido; e que, em um de seus ataques de tosse noturna, ele próprio morreria ali.

Agora que o sr. Clemens não tinha esposa – nem desejo de ter uma –, sua filha Clara assumira o papel. Clara não podia tolerar que, tendo passado dos trinta anos, ainda não se casara; era uma época em que uma jovem de boa família, virgem, com mais de vinte anos era considerada "velha". Ela passou a se ressentir do sábio do Missouri "Mark Twain" – quando não a rejeitá-lo ativamente –, a quem ela devia sua segurança financeira; no entanto, estava perfeitamente consciente do interesse de outros por "Mark Twain" e o protegia ferozmente. Seus olhos zangados estampavam o apelo *Papai, por que eu não basto para você?*

A mais melancólica das perguntas que nos é feita e que fazemos a outros! E qual é a resposta possível?

Alguns anos antes, quando Livy ainda era viva, a pobre Clara, em um súbito ataque de frustração e angústia, na mais crua e mais chocante das emoções femininas, tinha perdido toda a compostura e a reserva e começara a soluçar, gritar, derrubar móveis, arrancar os cabelos, arranhar o rosto, gritando, para perplexidade do sr. Clemens, o quanto ela detestava o papai, sim, e detestava a mamãe, detestava sua vida, detestava a si mesma. Embora o acesso de violência tivesse passado, o sr. Clemens nunca perdoara Clara completamente, não confiava nela e, no íntimo do seu coração, não gostava muito dela.

Ah, como a pequena Madelyn Avery era totalmente diferente! *A garotinha que ama você.*

Praga! Naquela manhã, o sr. Clemens tinha *trabalhado*! Ninguém compreende como um escritor tem que *trabalhar*, até mesmo um escritor reconhecido e de sucesso. Sentado em sua escrivaninha, uma almofada puída e desbotada sustentava suas nádegas de velho, que nos últimos anos haviam perdido a carne, ele perscrutava através de uns malditos óculos bifocais mal ajustados, que escorregavam de seu nariz, apesar de estar inchado e avantajado pelos capilares rompidos. Ah! O sr. Clemens tinha pegado sua caneta com os dedos artríticos, havia coberto com competência folhas de papel almaço com sua caligrafia ilegível e criado sua sátira sombria ambientada na Áustria, no século XVI, na qual Satã seria um personagem – mais eloquente e muito mais sagaz do que o Lúcifer de Milton. Contudo, o sr. Clemens se via repetidamente expelido de sua narrativa, por não saber nada sobre o século XVI, na Áustria ou em qualquer outro lugar, por não saber nada sobre o ambiente físico de seu conto, assim como por desconhecer qualquer coisa a respeito de Satã. (Se alguém se recusa a acreditar em Deus, pode plausivelmente acreditar em Satã?) Sua maldição era reler compulsivamente o que tinha escrito, uma sucessão de palavras vazias e pomposas, uma zombaria da paixão existente em seu coração, o que o levou, desanimado e desgostoso, a amassar páginas que depois tinham que ser desamassadas e copiadas. Porque, até então, ele não podia tolerar o envolvimento de uma estenógrafa naquela enjoativa atividade literária. Ele supôs que, finalmente, publicaria o conto como sendo de "Mark Twain", apesar de acreditar que tinha uma qualidade além de "Mark Twain", e, como de costume, os leitores ficariam confusos. O que mais o incomodava era que, agora que se tornara um velho sábio, um patriarca-profeta como Jeremias, ele tivesse coisas tão mais urgentes a serem ditas do que quando era jovem, quando as palavras jorravam de "Mark Twain" com a facilidade lépida de um cavalo mijando! Agora, quando as palavras saíam com alguma fluência, tendiam a ser vazias, maçantes, banais, e quando vinham com dificuldade, não eram muito melhores. A capacidade sexual de um homem entra em declínio aos cinquenta anos. *Tudo o que permanece, prossegue claudicando por mais um tempo.*

No entanto, quando o sr. Clemens escreveu à pequena Madelyn Avery foi com facilidade e com grande prazer. Sorria enquanto escrevia! *O velho vovô mais feliz de toda a cidade de Nova York.*

Ele não tinha netos. Duvidava que um dia os teria! Sua filha mais amada morrera. As filhas que lhe restaram não eram muito de seu agrado. O velho e intenso rei Lear, com a única filha boa morta em seus braços.

Em um bolso de seu paletó branco, uma pequena surpresa requintada para a pequena Maddy.

Como o sr. Clemens se sentia bem! Aquele velho e insistente coração em forma de punho fez com que se levantasse da cama mais cedo do que o normal naquela manhã e batia com força *Ainda estou vivo – estou? – ainda vivo – estou!* Em seu lendário terno de um branco ofuscante, seu colete branco, camisa branca de algodão, gravata branca, sapatos brancos de couro de bezerro, toda a indumentária feita sob encomenda, com o cabelo branco como a neve, ainda razoavelmente espesso (tratado por um barbeiro todas as manhãs no quarto de dormir do sr. Clemens, um costume de décadas), que se agitava majestosamente com a brisa: uma visão familiar em Manhattan, que atraía olhares e sorrisos admirados de estranhos. Se pelo menos a maldita gota não fizesse com que fosse necessário o uso de uma bengala! Porque, certamente, o sr. Clemens não era *velho*, conservando até certo ponto sua imagem jovial. No entanto, na altura da 10ᵗʰ Street, começou a ficar ofegante e a se apoiar pesadamente em sua bengala; foi tomado por um desejo muito forte: acender um de seus charutos baratos de cheiro desagradável, que para ele eram um elixir.

Aprende-se a ignorar mulheres sufocantes. A estratégia do sr. Clemens era evitar olhar para elas mais do que o absolutamente necessário, assim como seu próprio pai, muito tempo antes, com a sabedoria da indiferença paterna, tinha raramente olhado para ele, o filho de cabelos de fogo, uma criança doentia, que talvez fosse considerada condenada, insignificante. Assim, o adulto Sam ignoraria a mulher pegajosa e lamurienta na qual sua filha tinha se transformado, agora uma filha adulta e já sem qualquer atrativo; na verdade, havia alguma coisa de repelente em Clara, que ele não suportava contemplar.

Papai você não deve. Papai, você está matando a mamãe. Você diz que ama a mamãe e, no entanto – você a está matando!

Mas um homem precisa fumar. Trata-se de um princípio da Natureza, mais básico para a espécie do que seu alegado Criador. Um homem precisa fumar ou como é que a vida poderá ser suportada?

"Desculpe-me, senhor, o senhor é... Mark Twain?"

Sorrisos de um prazer surpreso. Excitação infantil, admiração. Como é extraordinário ver, em outro rosto, tal *sentimento* irradiado com tanta rapidez! *Quando a própria pessoa está quase morta, uma pessoa morta falando da tumba,* ver como, nos olhos de outrem, ela ainda está viva! Logicamente não era incômodo para o homem com indumentária de um branco ofuscante, o sr. Clemens, parar na calçada para receber os exagerados cumprimentos de estranhos, apertos de mão, até mesmo conceder um autógrafo ou dois, caso o admirador tivesse papel e caneta. (Na verdade, o sr. Clemens nunca sai sem várias canetas no bolso de sua lapela.) Clara caçoaria de forma cruel *Papai, você é um velho vaidoso, você se expõe ao ridículo,* mas felizmente Clara não estava ali para observar.

"... muita bondade sua, sr. Twain! *Obrigado*."

Continuando a andar, fazendo um esforço para não se apoiar muito acintosamente em sua bengala, o sr. Clemens não conseguia evitar de ouvir as exclamações murmuradas durante sua passagem *Um homem tão generoso, Mark Twain! Um coração tão bom, tão bondoso! Um verdadeiro cavalheiro*, um bálsamo para sua alma contrariada, depois dos agudos em *staccato* das palavras de sua filha.

Na altura da 12th Street, bastante ofegante e mancando por causa da maldita gota no joelho, o sr. Clemens acenou com irritação para uma charrete de aluguel.

Sem demora, os elegantes cascos de um alazão ressoaram na avenida pavimentada. Sem demora, teve início o arriscado passeio.

Sentado na ventilada traseira aberta do táxi, o sr. Clemens arremessou o toco mascado de seu charuto, que agora lhe parecia repulsivo, desembrulhou e acendeu outro. Na convivência com seus amigos abastados, ele adquirira o gosto pelos caros charutos Havana, mas se permitia tais luxos apenas quando acompanhado. Se estivesse só, os mais baratos eram suficientes. A forte fumaça fez seu coração dar um coice esquisito, no entanto, caso ele se abstivesse de fumar por mais de uma hora, o maldito coração o escoicearia de um jeito ainda mais estranho.

Como suas intenções foram mal compreendidas. Na última vez. Papai, não!

A charrete deu um solavanco e o sr. Clemens cerrou os maxilares. Ele não estava pensando na pequena Maddy, esperando por ele em seu "lugar secreto", mas, muito estranhamente, nele mesmo, quando criança: o perdido Sam-criança, cujo pai não amava. De cabelos ruivos cor de fogo, doentio, uma criança inquieta e inteligente, adorada pela mãe, mas não por seu pálido pai, um juiz de corte itinerante no sombrio Mississipi rural, um advogado fracassado e amargo, que nem uma vez – nem uma vez! – sorrira para Sam. (Era verdade, John Clemens quase não sorrira para nenhum de seus filhos.) Tão estranho recordar, aos setenta anos, com curiosidade e com a antiga mágoa e raiva, de como os olhos de seu pai se estreitavam e sua face se endurecia quando o pequeno Sam cambaleava muito perto dele, como se John Clemens se descobrisse na presença de um misterioso mau cheiro. *No entanto, eu amava aquele maldito insensível. Por que o maldito insensível não me amava?*

Sempre existem no público aqueles que você não consegue convencer e não consegue conquistar.

No entanto: você precisa!

O pequeno Sam, o qual não se esperava que sobrevivesse ao primeiro ano, tinha onze anos quando seu pai morreu no final do inverno de 1857. O homem de rosto pálido morreu de pneumonia, uma morte terrível: sufocação. Em seu leito de morte, não reconheceu seu amedrontado filho. Não quis encostar nele. Não o abençoou. Não lhe disse as últimas palavras. Ele parecia zangado e desapontado. Fora um cristão devoto, a favor da escravidão, um homem da lei determinado a defender a lei da terra, um homem temente a Deus, um homem que obedecera severamente à ordem de casar, "crescer e multiplicar", e, no entanto, estava morrendo, estava praticamente morto, aos quarenta e oito anos, encolhido e envelhecido e nenhuma oração poderia ajudá-lo.

Em vida, John Clemens tinha mourejado com dívidas. Um pai é alguém que deve. Quando você nasce, está em dívida: *endividado*. Rápido aprende que a vida é um esforço para sair da dívida, como se ela fosse um grande pântano que suga a parte inferior de seu corpo. Você avança lentamente, você se acaba com o esforço. Tenta sair do pântano, mas seus inimigos chutam seus dedos ávidos, esmagam suas mãos com o salto de suas botas. Você é um cristão fervoroso, mas eles o são ainda mais, as orações que fazem são ouvidas pela Divindade que se junta a eles no desprezo por você. Pobre coitado: você morre do jeito que labutou, em dívida. Sua família herda suas dívidas.

Através do buraco da fechadura, o menino de cabelos de fogo, Sam, observou a autópsia realizada no corpo nu e cansado de John Clemens por um legista local, um indivíduo que o menino conhecia, o que tornou o procedimento ainda mais irreal. Incrédulo, o menino viu quando a caixa torácica do cadáver foi aberta com alguma coisa que lembrava um pé de cabra pequeno e afiado. Com uma fascinação assustada, viu ser removidos e colocados sobre uma mesa de metal o que pareciam ser os pulmões do morto; e também o coração, que não lembrava nada um coração do Dia dos Namorados, mas sim um pedaço de carne musculosa, fibrosa e sangrenta.

O menino foi tomado por uma sensação violenta de frio e convulsão, tinha cometido um erro, tinha feito uma bobagem e, desta vez, nunca mais conseguiria endireitar as coisas. Do lado de fora, na grama, pôs as tripas pra fora; sua infância terminara.

Sua mãe o colocou como aprendiz em uma gráfica local: tinha início sua vida de labuta.

Trabalhar, trabalhar! É tudo o que você pode fazer para escapar da dívida; tornar-se um homem rico, livrar-se da dívida e da morte.
E, mesmo assim, você nunca se salvará.

Suas peixes-anjo seriam poupadas de tais histórias piegas. O sr. Clemens não diria uma palavra a suas jovens amigas sobre o infeliz começo de sua vida. Nem uma palavra sobre tal humilhação, aquela "celebridade" nunca poderia se extinguir totalmente para suas queridas netas.

E agora ali estava – o nome era Madelyn? Maddy? – uma menina esguia, muito bonita, de uns catorze anos – embora provavelmente treze – esperando pelo vovô Clemens, como prometera, em seu "local secreto" em um banco de pedra acima de um lago, parcialmente escondido por árvores de tulipas, a pouca distância da Fifth Avenue, na 88th Street. Ah, o velho coração do vovô acelerou a batida. Seus dedos remexeram no bolso, pegando o pequeno pacote de presente. A menina estava usando o mais divino e encantador suéter azul-marinho da escola, com uma saia preguеada; sob o suéter, uma blusa branca de algodão e mangas compridas; suas meias três quartos brancas eram de uma malha delicada; seus pezinhos calçavam sapatos lustrosos de amarrar. Seu cabelo escuro e radioso caía em duas tranças sobre os ombros e seu rosto, em formato de coração, estava rosado de expectativa. A infância *dele* tinha terminado na primitiva Hannibal, Missouri, em 1857; a infância dela, nos quarteirões mais civilizados de Manhattan, não terminaria tão cedo.

Ele tinha certeza! Ele cuidaria disto.

"Sr. Clemens!" A menina saltou do banco onde estava sentada, lendo ou anotando algo no caderno e em um instante se aproximou dele, excitada, tonta, abraçando-o em torno do pescoço com braços magros, frenéticos, "Eu sabia que era você vindo pela trilha, todo de branco, não podia ser ninguém, só você", roçando seus lábios mornos na face gasta do vovô, agora corada de emoção enquanto ele se curvava desajeitadamente para receber o abraço, abstendo-se de abraçá-la de volta, com o charuto aceso em uma mão, a bengala de cedro na outra. "Posso chamá-lo de 'vovô'? Querido 'vovô Clemens' – disse para mamãe que ia visitar uma colega – nunca enganei a mamãe antes, juro! Eu estava tão solitária aqui, esperando por *você*." Um coice do seu coração, uma súbita punhalada de dor da gota, dando ao sr. Clemens um momento de sobriedade, enquanto ele procurava dizer com profunda sinceridade e sem vestígio do sotaque dos tempos do Missouri: "Maddy, querida, eu estava muito solitário esperando por *você*".

Não posso pensar em vestir roupas pretas nunca mais – preto odioso – preto, a cor do luto e da morte...
 Eu queria poder usar cores, tons luminosos do arco-íris, tais como os monopolizados pelas mulheres – um Jardim do Éden!
 Mas vou usar branco – o branco mais branco! O branco mais puro e mais fresco! – nos dias escuros, terríveis do inverno – como nenhum outro homem da nossa época jamais se atreveria.

1088 Park Avenue
14 de maio de 1906

Queridíssimo "vovô" Clemens,

 Estou tão nervosa, tão cheia de amor pelo meu queridíssimo vovô, que tenho medo que você não consiga ler a minha letra tão cheia de borrões (lágrimas e beijos) na página, como posso AGRADECER-LHE por este maravilhoso broche de peixe-anjo. É como mágica, esmalte, ouro e olhos de safira, oh! querido vovô, OBRIGADA.
 Agora penso no meu querido vovô o tempo todo. Não existe mais ninguém, como poderia   Sou a garotinha que ama você meu querido vovô,

      Com amor, sua "neta" Maddy

Maldita raça humana! É como a sífilis. Um contágio virulento que precisa ser eliminado.
 Porque eu sou Satã e eu sei.

Eles nadam dentro da fina rede do Almirante, os mais extraordinários peixes-anjo das Bermudas: cor de água-marinha, olhos grandes, com barbatanas translúcidas que cintilam. E pequenos o suficiente para caberem na mão aberta de um homem.

A peixe-anjo mais jovem do Aquarium do Almirante Clemens era, naquela época, a graciosa, engraçada e doce, a pequena Jenny Anne, filha de onze anos dos Carlisles, que o sr. Clemens voltaria a ver, com certeza, naquele verão, quando eles viessem ficar com ele no campo. O mais recente membro do clube era Violet Blankenship, que tinha pouco mais de catorze anos, mas não, o sr. Clemens esperava ardentemente, com dezesseis, a volúvel, inconstante e "elétrica" filha do dr. Morris Blankenship, um médico da Park Avenue que cuidava da gota, da artrite, dos problemas digestivos, respiratórios e cardíacos do sr. Clemens. E havia a encantadora pequena Geraldine Hirshfeld, a filha mais nova do editor do sr. Clemens na Harper's, a quem ele tinha conhecido e adorado desde que nascera, agora – seria possível? – com pelo menos doze anos. E ainda a fadinha malandra Fanny O'Brien, em quem o sr. Clemens dizia, rindo, que não podia confiar, porque Fanny estava sempre provocando; e a querida e solenemente doce Helena Wallace; e Molly Pope, cuja mãe poderia certamente ser convencida, com a promessa de uma pequena compensação financeira, a trazer a esguia menina de treze anos para visitar o Almirante Clemens no verão, como ocorrera no verão anterior. Esses privilegiados membros do Clube Aquarium usavam os broches do peixe-anjo muito abertamente porque seus pais não viam nenhum inconveniente nisso; na verdade, seus pais, bem familiarizados com as maneiras excêntricas e generosas do idoso sr. Clemens, ficavam lisonjeados com a atenção demonstrada para com suas filhas. *Tenho setenta anos e não tenho netos, assim, poder-se-ia esperar que todo o compartimento esquerdo do meu coração estivesse vazio, cavernoso e desolado; mas não está porque eu o preencho com as escolares mais angelicais.*

"Papai, você faz um papel ridículo! Na sua idade! Papai, sou sua filha: por que eu não basto para você?"

A voz de Clara estava áspera e rude; seus olhos, loucos de dor. O sr. Clemens evitou seu olhar. Por um momento, sentiu uma pontada de culpa; no apelo de Clara ouviu seu próprio apelo ao pai longínquo, John Clemens, que não o tinha amado. "Pode ser, querida Clara, que eu seja um filho da puta sem coração." O sr. Clemens deu risada e saiu.

Mas, ah!, as peixes-anjo. Apesar da tensão na casa dos Clemens, apesar do desapontamento do sr. Clemens com Clara e Jean, simplesmente pensar nas colegiais-netas fazia-o sentir que seu maltratado coração se expandia.

Das peixes-anjo de então, todas elas membros com uma situação privilegiada no Clube Aquarium, sob a proteção do Almirante Clemens, Madelyn Avery era a que talvez lhe parecesse a mais refinada, não apenas por suas feições de ossatura delicada, a *la Botticelli*, mas por seu espírito verdadeiramente americano. Porque a pequena Maddy estava determinada – prometera solenemente ser uma "poetisa" – "a fazer o mundo reparar *nela*".

Quartel do Almirante
21 Fifth Avenue
5 de junho de 1906

Queridíssima peixe-anjo Maddy,

E não é que você é a mais sedutora das bruxinhas?! Quero dizer, naquele dia você enfeitiçou seu vovô Almirante.

Menina querida, você me promete que vai continuar assim como é? Não vai mudar nem um milímetro, um grama? Agora é sua fase de ouro. O vovô Almirante ordena.

Próxima terça-feira no Lugar Secreto? Depois das 16 horas? O trapaceiro falastrão do Missouri continua tão imensamente popular que há um almoço no Clube Century em sua honra, onde será brindado por toda espécie de dignitários. Depois disso, como seu vovô Almirante ficará livre pelo resto da tarde, ele a convida a um encontro no verdor do parque; e depois, se possível, um chá completo no Plaza. Ah, se minha queridíssima peixe-anjo puder acalmar a mamãe com uma desculpa de alguma aula de música ou uma visita à casa de alguma colega! Porque, você sabe, não podemos levantar suspeitas.

Ah, detesto isso! Porque parece não fazer diferença o quanto estamos inocentes em nossos corações, o mundo dos malditos adultos julgará com crueldade e crueza, então, temos que tomar cuidado.

Amor e beijos do Número Um,

SLC

Era necessário o máximo de cautela no número 21 da Fifth Avenue para que a filha-harpia não interceptasse as inocentes cartas do sr. Clemens. Ele não se atrevia a colocá-las na mesa da frente, no vestíbulo, para que um empregado as levasse ao correio e nem mesmo dentro da caixa de correio, ao lado da porta de entrada, fazia questão de sair e enviar, ele mesmo, aquelas ternas cartas.

21 Fifth Avenue
8 de junho de 1906

Cara srta. Avery,

PROCURA-SE PARA ALUGAR OU COMPRAR: 1 GAROTINHA-POETISA MUITO INTELIGENTE E MUITO BONITA DE OLHOS CASTANHOS, QUE CHEGA À ALTURA DO OMBRO DE UM HOMEM E NÃO PESA MAIS DO QUE UMA PENA PODENDO SER LEVANTADA PELA PALMA DE SUA MÃO. TODAS AS RESPOSTAS DEVEM SER ENVIADAS PARA O ALMIRANTE SAMUEL CLEMENS, ENDEREÇO ACIMA.

Muito sinceramente,

SCL

21 Fifth Avenue
10 de junho de 1906

Mais querida de todas as peixes-anjo,

Andei esta manhã muito feliz, tendo habitado em meus sonhos as águas verde-azuladas das Bermudas, nadando e brincando com minha peixe-anjo, todos nós, de uma maneira muito estranha – muito maravilhosa – sem corpos; embora visíveis um ao outro como um espírito pode ser visível apenas para o olho da percepção e não para o olho comum.

Por esta visão de êxtase, querida Maddy, obrigado.

SLC

> *Garrison Hotel*
> *Cleveland, Ohio*
> *14 de junho de 1906*

Queridíssima Maddy,

Estou sozinho aqui – embora raramente seja deixado sozinho – e me sentindo muito saudoso da minha peixe-anjo Maddy, durante um fim de semana em que encarnarei M. T. (se pelo menos seu avô não desempenhasse seus truques tão bem, ele deixaria de ser convidado para tais lugares e não sentiria remorso por rejeitar somas tão generosas) e pela noite adentro se estenderão o mais suntuoso dos banquetes e brindes. Lá está o vovô Clemens olhando através de um mar de rostos de porquinhos ansiosos com sobrancelhas grisalhas, bigodes como o dele próprio e a maldita alma não vê nenhum deles trazendo um broche de peixe-anjo; e só consegue se consolar porque, em poucos dias, voltará para Nova York e para o LUGAR ESPECIAL. Pode ser, Maddy querida, que eu lhe leve um presente ou dois.

Seu solitário vovô que a adora, amor e beijos

SLC

Na casa de pedra da Fifth Avenue com a 9th Street, naquelas manhãs em que provavelmente receberia uma carta da peixe-anjo, o sr. Clemens tinha que ser especialmente cuidadoso quando chegavam as cartas pelo correio: vestia seu *peignoir*, enfiava chinelos em seus pés inchados, mancava durante a descida pela sólida escada, e com sua bengala ia até a entrada, ou até a rua, e cumprimentava ansiosamente o perplexo carteiro, antes que Clara pudesse intervir.

> 1088 Park Avenue
> 20 de junho de 1906

Queridíssimo sr. Clemens,

É muito tarde da noite – secretamente tarde! – e os sinos da igreja episcopal da Park Avenue soaram as solitárias duas horas da manhã. Sinto tanto amor por você, querido vovô, e meu queridíssimo correspondente, mamãe acha que estou dormindo e ralhou comigo por meu comportamento "febril", mas como posso ser culpada se é através dessas "febres" que os poemas me vêm, que tão estranhamente ganham seu ritmo?

Para Meu Almirante

Nenhum Segredo
É Sagrado
A não ser o Compartilhado
Entre Mim e Você
Pela Eternidade

> Sua devotada "neta" Maddy

Imediatamente o sr. Clemens comoveu-se com este pequeno poema: o verso feminino mais encantador, que o cativara tanto.

"Eternidade! Um termo tão longo."

Muitas das outras peixes-anjo do sr. Clemens falavam de suas aspirações literárias e rabiscavam os mais doces e medíocres versinhos, mas parecia realmente que Madelyn Avery estava em uma categoria própria. No Lugar Secreto, Maddy compartilhava com seu idoso admirador alguns dos esboços em pastel que fizera na aula de arte e ele não tinha dúvidas, a julgar pelo fervor com que ela aludia a suas aulas de música, de que ela também tinha algum talento musical. Ele lhe mandaria livros lindamente encadernados com poesias de Elizabeth Barrett Browning, Robert Browning e Tennyson, *Um jardim de pétalas em versos*, uma compilação de trabalhos de poetisas. (Tinha dado uma olhada e ficara bastante chocado com a poesia rude, turbulenta, grosseira e, no entanto, estranhamente excitante de Walt Whitman, inadequada aos olhos de qualquer mulher ou menina.) O sr. Clemens já dera a Madelyn uma edição especial, encadernada em fino couro branco, do *Recordações pessoais de Joana D'Arc*, que a graciosa menina tinha aceito com lágrimas de gratidão.

Suzy tinha treze anos quando assumiu um projeto ambicioso: uma "biografia" de seu pai, de cuja fama e reputação começava a ter uma vaga ideia. É claro que o pai de Suzy lhe ofereceu alguma ajuda no projeto. O perspicaz sr. Clemens esperava publicar *Papai: uma biografia íntima de Mark Twain por sua filha Suzy de treze anos* com grande alarde, almejando vender centenas de milhares de exemplares; mas a querida Suzy, conforme cresceu, subitamente perdeu o interesse no projeto e o largou em meio a uma frase, para grande coincidência, em 4 de julho de 1886:

Chegamos em Keoku depois de uma muito agradável

Maldição! Papai encorajou Suzy a continuar, talvez tenha discutido um pouco com ela, mas Suzy parecia nunca ter tempo. Assim, a "biografia" existia em vários cadernos, numa caligrafia de colegial e estava muito superficial e incompleta até mesmo para ser adulterada pelo sr. Clemens. Nos últimos anos ele mal conseguia se forçar a percorrer os cadernos, guardados entre seus documentos e manuscritos mais preciosos, para rever a caligrafia grande e irregular da menina querida com seus inúmeros erros gramaticais e de grafia.

Chegava a sentir uma espécie de dor física ao voltar a "ouvir" no ouvido da mente a voz de Suzy.

Como Sam Clemens era jovem em 1886, como era jovem a sua maravilhosa família, como o mundo parecia idílico! Pode ser que Satã tivesse perambulado pelo vasto mundo e que a humanidade fosse tão falsa, maldosa e de modo geral inútil como em todas as fases da história; mas para Sam Clemens não parecia ser este o caso. Sua mulher Livy, suas filhas Suzy, Clara e Jean o adoravam. E ele *as* adorava. Na época, Sam Clemens não desejava mais nada. (Exceto dinheiro. Exceto fama. Exceto prestígio.) Ele não poderia compreender exatamente como, não muitos anos depois, seu mundo mudara de forma tão horrível, em agosto de 1896, quando Suzy morreu, parece que no meio da noite, de meningite.

Depois disto, a vida se tornou uma cruel brincadeira cósmica. Como poderia ser diferente?! Anos, décadas se passaram rapidamente; o atraente Sam Clemens envelheceu, seu flamejante cabelo ruivo ficou branco-neve, ele passou a se movimentar de forma hesitante, como alguém que ao andar antecipa uma dor repentina. Seu sotaque do Missouri, marca registrada de seu duplo, Twain, passou a soar aos seus ouvidos como algo vulgar e aviltante; no entanto, não se atrevia a abandoná-lo, já que tal gaiatice era seu pão com manteiga no circuito de conferências no qual o dinheiro era ganho com muito mais facilidade do que no esforço de escrever em reclusão solitária. (Escrever! A atividade para a qual o único suborno adequado é a possibilidade de suicídio, um dia.) O amor do sr. Clemens por suas filhas remanescentes era um dever imposto; elas não conseguiriam se virar sem ele, especialmente a inválida Jean. Ele não suportava a companhia delas e percebia que as duas se ressentiam disso. Clara tinha partido seu coração em um aniversário do falecimento de Suzy, quando o pai discorria bêbado à mesa do jantar, lembrando os velhos e idílicos tempos na Fazenda Quarry (a leste de Elmira, Nova York), contando-lhe rudemente que ela e suas irmãs sempre tinham tido medo dele; é verdade que o amavam, mas o temor era maior por causa de sua língua afiada, do humor imprevisível, das "fases mercuriais" e do seu hábito de provocar, que na verdade era "atormentar". E os malditos charutos!

Como veneno exalando dele. A perpétua nuvem rançosa de fumaça azulada, um fedor a ser associado com qualquer moradia na qual o papai Clemens morasse.

O sr. Clemens não pensaria nisso, naquelas terríveis palavras de harpia.

Em vez disso, releu as cartas da pequena Madelyn Avery, na caligrafia escolar de que ele tanto gostava; e releu o pequeno poema bastante surpreendente, o qual, embora não tivesse "ritmo", lhe parecia uma verdadeira poesia, pelo menos do tipo que uma sensibilidade feminina poderia produzir. "A graciosa criança me serve de inspiração. Minha Musa-Peixe-Anjo." E, no entanto, suas próprias palavras vinham muito lentamente, de modo muito literal sua velha e artrítica mão direita movia-se com uma lentidão indecifrável e seus pensamentos estavam tão desconexos que ele não queria desperdiçar dinheiro com uma estenógrafa naquele momento. Estava passando por um momento infernalmente difícil ao escrever um texto encomendado pela *Harper's* e por um período ainda mais desconfortável que o estava impelindo para seu uísque escocês favorito num horário muito mais cedo do dia com sua disforme alegoria de Satã na Áustria do século XVI. Ele vira nítido como uma alucinação: Satã vestido elegantemente como um cavalheiro vienense de monóculo, bigode e com um sorriso sedutor. Satã como o Estranho Misterioso que habita o nosso ser mais profundo e secreto. *O Estranho Misterioso* – era este o inspirado título – seria certamente o melhor conto que Mark Twain já escrevera, a grande obra de sua vida que finalmente catapultaria Twain ao patamar que seus mais fervorosos admiradores há muito lhe reclamavam como o maior escritor americano, uma vez que O *Estranho Misterioso* seria favoravelmente comparado às mais importantes fábulas morais de Tolstói.

O descarnado John Clemens, congelado nessas várias décadas em seu sombrio paraíso presbiteriano, contemplaria com envergonhada admiração as conquistas de seu filho ruivo, não é?

O sr. Clemens riu ao pensar nisto. "A vingança é um prato que se come frio."

Depois de O *Estranho Misterioso*, o sr. Twain embarcaria em um projeto que despertaria grande empolgação em seu editor e entre seus leitores da América: uma retomada de Huckleberry Finn, Tom Sawyer e Becky, um enérgico, caloroso, *Novas aventuras de*. "Este é um *best-seller* instantâneo. Talvez eu mesmo o publique em vez de me contentar com 'direitos'."

Esses pensamentos súbitos e vigorosos, esses desejos, deviam ser creditados à pequena Maddy Avery. Contudo, as palavras de fato, nas folhas de papel almaço, vinham com uma lentidão indecifrável. Embora o vovô estivesse inspirado pela peixe-anjo mais bonita, ela também o distraía; tinha pensamentos obsessivos em relação a ela. Maldição! Porque talvez ele não pudesse confiar inteiramente que ela não dividisse o Lugar Secreto – sagrado – com mais alguém; um "namorado", como se diria em termos chulos. Ele também não gostou que a mãe da menina declinasse educadamente seus reiterados convites para que fossem visitá-lo na Fifth Avenue, 21, onde ele poderia iniciar sua filha na inocente arte do bilhar; e parecia ter recusado seu convite para que fossem suas hóspedes em Monadnock, Mass., onde ele e Clara alugariam uma casa de verão. É óbvio que outros hóspedes manteriam o idoso, o inquieto sr. Clemens, ocupado! – e entre eles várias peixes-anjo muito charmosas –, mas ele sentiria falta da pequena Maddy e se ressentia disso.

21 Fifth Avenue
26 de junho de 1906

Queridíssima peixe-anjo,

Você tem absoluta certeza, minha querida, de que sua mãe não vai querer levá-la a Monadnock por uma semana, em julho? Seu extremoso vovô pagará a passagem de trem e outras despesas com muita alegria!

A pequena Maddy e o vovô poderiam perambular pelas colinas e caçar borboletas com a rede, enquanto sua mamãe, que não parece ser o tipo de "perambular", poderia ficar sentada relaxada no terraço que sobrepuja as colinas e ficar muito contente, tenho certeza.

Ah! Insista, minha querida; caso contrário, ficarei muito aflito.

Amor e borrões (muitos borrões) de seu vovô.

SLC

21 Fifth Avenue
29 de junho de 1906

Querida, queridíssima Maddy,

Estou preocupado por não ter notícias suas. Minha filha Clara está muito contrariada porque adiei, por uma semana, nossa ida a Monadnock, com a desculpa de que o texto que me foi encomendado pela *Harper's* precisa ser terminado antes de minha partida.

Nosso último encontro no Lugar Secreto foi precioso para mim e parece ter acontecido há muito tempo.

Queridíssima Madelyn, lembre-se

Nenhum Segredo
É Sagrado
A não ser o Compartilhado
Entre Mim e Você
Pela Eternidade

          Seu vovô que a ama, SLC

          21 Fifth Avenue
          30 de junho de 1906

Mais querida de todas as peixes-anjo,

 Desculpe-me! Seu extremoso vovô só percebeu nesta manhã, querida Maddy, que hoje é um Dia Muito Especial para você: seu aniversário. Assim, encomendei catorze rosas "brancas como mármore", uma para cada ano de sua preciosa vida, para que sejam mandadas imediatamente com uma saudação de FELIZ ANIVERSÁRIO QUERIDA MADDY.

 O vovô está aborrecido por não ver sua neta favorita há algum tempo. Por favor, venha ao Lugar Secreto amanhã, às 16 horas. Juro que haverá mais presentes para você.

 Não despedace meu coração, minha querida. É um "coração de fumante" muito velho e muito estragado pelo uso.

 Vou selar esta carta com borrões (beijos!) e vou correndo ao correio para enviá-la. Se tiver bastante sorte, ela chegará à minha querida aniversariante antes que seu aniversário tenha terminado.

          Seu vovô que a ama,

          SLC

21 Fifth Avenue
30 de junho de 1906
À tarde

Querida neta-aniversariante,

Amanhã, quando nos encontrarmos (como espero ardentemente que aconteça!), levarei vários bolos especiais com poderes mágicos do Almirante Clemens: para que minha querida peixe-anjo mordisque, para que permaneça jovem e muito querido para sempre e sempre meu; para que consiga se encaixar na dobra do cotovelo do vovô, melhor ainda, de um jeito muito secreto e carinhoso, na própria axila do vovô com seus pelos grisalhos que fazem tantas cócegas. (Minha Suzy fingia se esconder ali, quando era uma criança de fraldas.)

Seu devotado vovô não tem conseguido dormir durante várias noites por medo de que seu sonho mais terno se desfaça e seus castelos de ar caiam por terra mais uma vez.

Seu vovô que a ama,

SLC

Somos todos loucos, cada um à sua maneira. Depois de alguma deliberação, o sr. Clemens resolveu não incluir esta observação sentenciosa em um *post-scriptum*, mas mandar a carta imediatamente.

Dois dias depois, o sr. Clemens interceptou o carteiro na calçada da Fifth Avenue, tomando-lhe várias cartas das quais apenas uma, em um envelope cor creme, que exalava um leve e doce perfume, escrita em uma caligrafia escolar, endereçada ao "sr. Samuel Clemens" lhe interessava.

"Papai?" – lá estava Clara, próxima às suas costas, observando-o severamente. "Você saiu à rua mais uma vez de *peignoir,* chinelos e com os cabelos despenteados. Francamente, papai!"

O velho sr. Clemens parecia tão distraído que Clara teve dúvidas de que a estivesse reconhecendo.

No andar de cima, em seu quarto, ele rapidamente abriu o envelope. Seu acostumado olho saltou para a assinatura, *A neta que o ama, Maddy*, que era confortante, mas a carta foi um choque desagradável.

1088 Park Avenue
3 de julho de 1906

Queridíssimo vovô Clemens,

Você foi TÃO BONDOSO de me mandar rosas tão maravilhosas! Obrigada OBRIGADA, querido vovô! (Nenhum dos meus outros presentes significou tanto para mim.) Lamento muito não ter podido encontrá-lo no Lugar Secreto e sinto dizer que mamãe recusa seus delicados convites. (A família Avery passa por certa infelicidade e não vou incomodá-lo com isso, por enquanto.) Queridíssimo vovô, estarei em nosso Lugar Secreto na sexta-feira e espero ardentemente vê-lo, então. Os bolos mágicos do vovô serão uma alegria, eu sei!

Com a ressalva de que tenho dezesseis anos, querido vovô, e não catorze, como você pensa. Tenho medo de que já seja um pouco tarde para "mordiscar" os bolos mágicos do vovô. Mas acho que dezesseis é uma boa idade. Serei muito mais livre, mamãe terá que aceitar!

Tenho que fechar esta carta com MUITOS BORRÕES porque mamãe está rondando do lado de fora do meu quarto e, como você sabe, é muito ciumenta.

(Assim como, de fato, minhas colegas têm ciúmes do meu maravilhoso broche de peixe-anjo! Porque me vangloriei de tê-lo recebido do Almirante Clemens.)

Querido vovô, estou ansiosa para vê-lo na sexta-feira, caso seja possível, porque meu querido vovô é a pessoa mais preciosa para mim em todo o mundo e nenhuma opinião tem qualquer importância a não ser a sua, seja eu uma "poetisa florescente" ou não, porque minha identidade secreta é: eu sou a menininha que o ama mais do que todas no mundo.

A neta que o ama, Maddy

Em estado de choque, o sr. Clemens cambaleou para sua escrivaninha onde, por alguns pasmos minutos, ficou sentado sem se mover, como se estivesse paralisado. Depois, tateou procurando sua caneta para escrever em um rabisco casual:

Querida senhorita Avery,

Infelizmente, sexta-feira não é possível. Minha filha Clara insiste que precisamos partir logo para o campo e já está bastante aborrecida que tenhamos nos estendido por tanto tempo nesta cidade de calor atordoante.

Seu devotado amigo,
SLC

Esta carta sucinta foi fechada rapidamente pelo sr. Clemens e levada ao correio, com medo que tinha de abri-la e mudá-la. Mas naquele dia, mais tarde, depois de ter fechado a porta do quarto contra a sempre alerta Clara, escreveu com uma mão mais controlada:

21 Fifth Avenue
5 de julho de 1906

Querida Madelyn,

Fiquei contente por você ter achado tão bonitas as rosas que mandei como um modesto presente, mas devo me desculpar, o buquê era menos exuberante do que você esperava. Minhas desculpas, minha querida. Mas S. L. C. é um velho homem, como sabemos.

Sinceramente,
SLC

Mais uma vez, o sr. Clemens fechou rapidamente a carta e foi mancando pela Fifth Avenue com a ajuda de sua bengala para postá-la. E de manhã, depois de uma noite miserável de insônia, tosses penosas, charutos e uísque escocês, escreveu febrilmente:

21 Fifth Avenue
6 de julho de 1906

Querida Madelyn Avery,

Dezesseis! – isso não está certo, você sabe. Uma feiticeirazinha tão sedutora não dar pistas de sua idade –

Já não será possível nos encontrarmos de novo, lamento. Agora a sra. Avery poderá relaxar a vigilância –

Lamento não poder mais examinar seus versos, querida Madelyn – uma vez que tenho que entregar um novo e "grande" trabalho a meu editor muito em breve.

Dezesseis é uma idade um tanto estranha – não é? Você é, ao mesmo tempo, uma colegial e uma "senhorita" – prestes a ser treinada em bruxarias. Seu vovô lamenta não ter podido lhe entregar os bolos mágicos para que fossem mordiscados a tempo; sendo assim, o velho tolo deve se abster de lhe enviar um último borrão, já que isto deixou de ser apropriado – não é?

Quando Sam Clemens tinha dezesseis anos, há um século, no rude estado de Missouri, era obrigado a ser um adulto e trabalhar no mínimo dez horas por dia, quando tinha sorte. Na cidade de Nova York do nosso tempo, nos domínios civilizados da Park Avenue, etc., uma jovem de dezesseis anos está impedida, na iminência de estar ou ser "comprometida", "noiva", "esposa", na verdade "mãe"; bem longe da jurisdição do velho Almirante.

Se quiser usar seu broche de peixe-anjo, minha querida, espero que não saia por aí alardeando sua origem...

A não ser – existe magia em tais desejos – que você pudesse voltar aos catorze, aos treze anos! – porque existe tal inocência em seu rosto querido que não haveria algo impróprio.

Auf Wiedersehen e boa noite

SLC

Assim esvaiu-se o meu sonho. Assim dissipou-se a minha fortuna. Assim ruiu por terra meu castelo etéreo, deixando-me ferido e desamparado.

Ah, Sam Clemens era um homem reverenciado entre os homens! Um homem com inúmeros amigos, muitos dos quais eram muito ricos. No entanto, o melhor amigo do sr. Clemens era o sr. John, que ele conhecera há muito tempo, em 1861, na cidade de Carson, Nevada, em um tumultuado jogo de pôquer regado a álcool.

O sr. John era um hóspede perpétuo no nº 21 da Fifth Avenue. Ele viajava para o campo com o sr. Clemens e ouvia atentamente a ovação à sua presença: quão prolongada, quão animada, quão entremeada de assobios e gritos de *Bravo! Bravo!* Nem sempre o sr. John se impressionava, porque, por natureza, não era muito impressionável. Na verdade, o sr. John era um filho da puta sem coração. Ainda assim, era o melhor conforto para o sr. Clemens. Sr. John aninhava-se confortavelmente no bolso do casaco do sr. Clemens. O sr. John aquecia-se com o sangue do sr. Clemens. O sr. John dormia junto ao travesseiro de penas de ganso do sr. Clemens. Durante a noite, o sr. Clemens acordava tremendo porque sua pele ficara gelada, uma vez que o calor do seu sangue lhe fora drenado pela sensação de frio do sr. John.

O sr. Clemens postou-se à frente do espelho com moldura de filigrana, segurando sr. John em sua mão direita trêmula e o cano de uma espingarda em sua fronte direita.

Sr. John?

Sim, sr. Clemens?

Está a postos, sr. John?

Acredito que sim, sr. Clemens.

Não vai recuar, sr. John?

Se o senhor não recuar, eu não recuarei.

É uma promessa, sr. John?

Não, senhor. Não é uma promessa.

O quê? Por que não? Você não é o meu sr. John?

Na verdade sou, sr. Clemens. E é por esta razão que não sou confiável.

O sr. John seria descoberto por Clara em um armário trancado do quarto do sr. Clemens, após sua morte, com seis balas intactas.

Ainda estou vivo – estou? Isto é vida?

O sr. Clemens retirou-se para Monadnock onde, para preencher seu vazio interior, estava determinado a *escrever*.

Em Monadnock, voltou a escrever, com uma loucura febril, bem como balbuciando imprecações, o bombástico conto do cavalheiro vienense, Satã. Com o sr. John como seu conforto, embora o filho da puta sem coração dificilmente fosse confiável, conseguiu acabar, em um surto de raiva, uma calorosa polêmica chamada "Os Estados Unidos de Lyncherdon", que nenhuma revista publicaria enquanto ele estivesse vivo. Ele se exauriu, e exauriu a todos que o serviam naquela casa na ponta dos pés, com suas ideias dispersivas de *As novas aventuras de Huckleberry Finn*: "Porque com certeza eis aqui um maldito *best-seller*. E com certeza é chegada a hora". No entanto, nas anotações, em uma caligrafia incerta e sonhadora *Huck volta aos sessenta anos, sem que ninguém saiba de onde – e louco. Acredita que voltou a ser um menino e examina todos os rostos à procura de Tom e Becky, etc. Tom chega, finalmente, aos sessenta, depois de percorrer o mundo, e encontra Huck, e juntos eles conversam sobre os velhos tempos, ambos estão desolados, a vida tem sido um fracasso, tudo o que era digno de amor, tudo o que era bonito, está sob a terra. Eles morrem juntos.*

"Bem, papai, você deve ficar lisonjeado, sua correspondente da Park Avenue é muito persistente."

Lá estava Clara, a dedicada filha do sr. Clemens, com as mãos apertadas em um lenço de seda, que parecia ter sido estrangulado.

A querida Clara, com os olhos luminosos e um sorriso malicioso. No entanto, no espraiado refúgio campestre, nas idílicas colinas de Monadnock, onde o sr. Clemens tivera o cuidado de se cercar de uma sucessão de hóspedes animados, incluindo os Hirshfelds, os Wallaces e a perspicaz sra. Pope com sua filha Molly, o velho cavalheiro recebeu calmamente as cartas dirigidas à Fifth Avenue, 21, como se pertencessem a outra vida que ficara para trás: envelopes na cor creme e ligeiramente perfumados endereçados em uma ansiosa caligrafia escolar ao sr. Samuel Clemens. Velho demais e cavalheiro demais para reagir ao irônico tom provocativo de Clara, levou calmamente os envelopes creme juntamente com a pilha de correspondência da manhã para abrir e ler atentamente na privacidade de seu quarto, onde Clara não se atrevia a entrar. Ao menos, não enquanto o sr. Clemens estivesse nas dependências.

"'Insistente' – sim! Como uma sanguessuga na carótida."

1088 Park Avenue
7 de julho de 1906

Querido sr. Clemens,

Sei que o ofendi porque sua carta, não datada de outro dia, mas que parece ter sido escrita em 5 de julho, foi muito abrupta; eu a li e reli com os olhos turvos de lágrimas. Não usarei meu maravilhoso broche de peixe-anjo se o senhor não quiser; devolverei ao senhor, se assim me for pedido...

Pode ser que mamãe me leve à praia de Jersey – onde a família dela tem casa, em Bayhead, no litoral –, mas este ano eu não queria ir.

Eu queria – querido sr. Clemens – poder "voltar o relógio" – acredito que assim o senhor não ficaria zangado comigo

Posso mandar amor e borrões? Porque estou me sentindo tão sozinha, porque eu sou a garotinha que ama o sr. Clemens   Quem é que eu sou, além disso

Sua devotada amiga,
Madelyn Avery

1088 Park Avenue
8 de julho de 1906

Queridíssimo sr. Clemens,

Acabo de receber sua carta de 6 de julho – acho horrível pensar que houve um mal-entendido. Sr. Clemens, não achei que seu adorável buquê de rosas era "menos exuberante" do que o esperado, mas apenas quis informá-lo de que não tenho catorze anos e sim dezesseis. Querido vovô, não tive má intenção!

Espero que o senhor me perdoe. Não tenho muita certeza do que eu possa ter feito de errado. Sei que sou muito estúpida. Na escola, nosso professor elogia meu trabalho e ouço este zumbido na minha cabeça *Ah, mas você é idiota, você é feia* e parece que meu professor zomba de mim e que todas as meninas percebem. Mamãe tem ralhado comigo ultimamente porque parece que não consigo fazer nada direito. Ela diz que sou "desajeitada" – que estou sempre "tropeçando". Se eu souber que o meu querido Almirante Clemens está triste comigo ou que me despreza, seria uma punhalada no meu coração e, como Joana d'Arc, aceitaria qualquer punição.

Sua devotada amiga,
Madelyn Avery

1088 Park Avenue
11 de julho de 1906

Querido, queridíssimo sr. Clemens,

Relendo sua carta, pareceu-me que o senhor está triste comigo porque tenho dezesseis anos. Por favor, não deixe de me amar, sr. Clemens; sendo o senhor uma pessoa tão gentil, meu queridíssimo "vovô", poderia não me magoar? Posso lhe mandar amor e borrões? O Almirante-vovô me provocou para me fazer rir, por favor, quando eu despertar do meu triste sonho, faça com que seja isso o que aconteceu.

Sua devotada amiga,
Madelyn Avery

1088 Park Avenue
15 de julho de 1906

Querido sr. Clemens,

Imagino que o senhor esteja no campo – "Monadnock" – que eu não conheço – para onde o senhor teve a gentileza de convidar mamãe e eu, mas não pudemos aceitar. Ah! gostaria de poder estar aí agora, querido Almirante Clemens! Seria tão maravilhoso ver seu bondoso rosto e novamente ouvir sua voz   querido vovô, aqui estou muito solitária

O senhor prometeu me ensinar bilhar, querido vovô   se esqueceu

Gostaria de saber por que o senhor está zangado comigo. Eu pensava que dezesseis anos seria uma idade promissora porque me permitiria mais liberdade, até mamãe teria que reconhecer isso. Quando o senhor me deu livros e me encorajou em relação a meus poemas, sr. Clemens, parecia que o senhor acreditava em mim, daqui a dois anos irei para a faculdade e serei uma "senhorita" – não pensei que isso fosse vergonhoso

Espero que me escreva logo, estou me sentindo muito triste porque sou a garotinha que ama o senhor,

Sua devotada amiga,
Madelyn Avery

223 Oceanview Road
Bayhead, Nova Jersey
23 de julho de 1906

Queridíssimo sr. Clemens,

Como não recebi nenhuma carta aqui, na casa de verão dos meus avós, temo que o senhor não me tenha escrito e que continue aborrecido comigo. Queria dizer que em sua carta de 6 de julho, que conservarei até o fim da vida, o senhor estava muito certo, dezesseis anos é uma idade "estranha" e muito infeliz. Não sei que "bruxarias" chegarão até mim, mas outras coisas acontecerão, contra a vontade. Sinto muito não poder evitar ter chegado a esta idade. Durante muitas noites chorei muito até pegar no sono; sinto que meu coração está uma chaga, como se estivesse esfolado. Queridíssimo "vovô". Juro que não vou ficar ou ser "comprometida" – "noiva" – "esposa" – "mãe". Nunca na vida!

Como gostaria de ter podido encontrá-lo no Lugar Secreto, em junho! Mas havia muita confusão na nossa casa naquela época e continua havendo.

Guardei meu maravilhoso broche de peixe-anjo para colocá-lo ao lado do travesseiro e beijá-lo, lembrando-me de sua bondade e de como o senhor parecia me amar naquela época. Tenho lido Pudd'nhead Wilson ultimamente, que fala em tom zombeteiro na minha cabeça:

"Como é difícil o fato de termos que morrer" – uma queixa estranha saindo da boca de pessoas que tiveram que viver.

Esperando que me escreva em breve e que possamos voltar a nos encontrar no Lugar Secreto quando o verão terminar, sou a garotinha que ama o senhor,

"Maddy"

> 223 Oceanview Road
> Bayhead, Nova Jersey
> 27 de julho de 1906

Queridíssimo sr. Clemens,

    Desculpe-me por esta página estar manchada de lágrimas e respingos do mar. Estou escrevendo no meu Lugar Secreto daqui, onde ninguém vem porque a areia é áspera e as pedras pontudas são feias, além de ser muito longe para vir andando, então eles me deixam em paz. Meu amigo preferido agora é Pudd'nhead Wilson, que uma vez o senhor me contou, muito estranhamente, sr. Clemens, não passar de uma máquina.

Por que festejamos um nascimento e lamentamos um funeral? Porque não somos a pessoa envolvida.

Pensando no senhor, meu querido, "mais antigo" correspondente, sou a garotinha que ama o senhor,

                                              "Maddy"

> 223 Oceanview Road
> Bayhead, Nova Jersey
> 1º de agosto de 1906

Querido "vovô" Clemens,

    Em um sonho ontem à noite, você conversou comigo e ouvi perfeitamente sua voz! – embora não tenha podido ver seu rosto, estava tudo borrado. "Não estou bem, querida Maddy. Espero por você aqui." Foi isto que eu ouvi, acordei excitada e tremendo! Ah, queria que Monadnock fosse aqui perto – eu andaria para visitar meu mais velho e mais querido amigo –, levaria buquês das rosas selvagens mais lindas e capim-marinho que cresce por aqui. Acho que você iria gostar porque você disse muitas vezes que adora a Beleza.

Assim como o Amor não é visível
O amor não é divisível

O amor está preso no Tempo
Mas o Amor não é de Tempo Algum

O Amor enreda você e eu
É uma promessa da Eternidade

Prometo que não comerei, querido vovô, para não crescer mais. Estou muito desgostosa comigo mesma, é horrível me olhar no espelho. No entanto, eu mordiscaria os bolos mágicos, como Alice, para ficar menor e muito secreta e carinhosamente me esconder na axila do vovô porque sou a garotinha que ama você; por favor, você me perdoa?

"Maddy"

223 Oceanview Road
19 de agosto de 1906

Queridíssimo sr. Clemens,

Passei todo esse tempo esperando receber uma carta sua, mas não chegou nada, é vergonhoso confessar que mamãe não quer que ninguém saiba que papai já não mora conosco. Quando eu estava felicíssima com o senhor no Plaza Hotel, e mamãe ralhou comigo por estar tão animada, era uma fase de preocupação para nós porque meu pai tinha acabado de nos deixar e havia rumores de que ele voltaria. Mas mamãe está sempre dizendo isto e passaram-se semanas, meses e ninguém da família (aqui em Bayhead, onde me sinto tão só) me fala sobre ele. Mas eu sei que é uma coisa humilhante. Às vezes, imagino vê-lo à distância, na praia e ele está com estranhos, mas nunca é mesmo ele. E, às vezes, é o senhor, querido sr. Clemens. Mas nunca é meu pai e nunca é o senhor.

Ainda assim, espero que me perdoe. Mamãe diz que sou muito infantil para alguém considerada "esperta" e choro demais, mas mamãe não sabe, escondo dela minhas lágrimas mais sentidas.

Mando ao meu querido "Almirante-vovô" amor e borrões desta garotinha que o amará pela Eternidade.

"Maddy"

1088 Park Avenue
24 de agosto de 1906

Caro Samuel Clemens,

Perdoe-me por lhe escrever, mas estou muito desesperada!

Espero que se lembre de mim em momentos mais felizes. Sou Muriel Avery, mãe de Madelyn. Uma vez o senhor foi bastante gentil em convidar a mim e minha filha para assistir *O lago do cisne* e depois irmos ao Plaza Hotel; e para uma memorável "Noite com Mark Twain", no Teatro Emporium.

Caro sr. Clemens, imagino que o senhor ficará preocupado em saber que, há várias semanas, minha filha

Madelyn tem estado profundamente infeliz e inquieta, recusando-se a comer, o que a fez ficar incrivelmente magra, como um esqueleto vivo. Esta foi uma terrível descoberta para mim, ao ajudá-la a se deitar, sentindo seus pobres ossos pontudos através da roupa. Sua pele está muito pálida, os ossos do seu pulso como os de um passarinho. Tentei procurar ajuda para Madelyn, mas é muito difícil forçá-la a comer e se alguém fica bravo com ela, vira o rosto para a parede como se fosse morrer. Madelyn é uma menina tímida, solitária e confusa em relação a seu pai (que abandonou a família e está pedindo divórcio, em desacordo com qualquer comportamento decente e razoável). Voltamos para a cidade, neste calor abrasador, para que Madelyn possa receber assistência hospitalar. Temo que suas condições piorem rapidamente. Sr. Clemens, estou morrendo de preocupação por causa de minha filha. Ela me contou que o senhor deixou de lhe escrever. No litoral, Madelyn andava quilômetros ao longo da praia; frequentemente não sabíamos onde ela estava e temíamos que pudesse vagar pela arrebentação e se afogar. Ela está tão magra, sr. Clemens, que o senhor não a reconheceria. Não estou pedindo, sr. Clemens, mas implorando em nome da bondade do seu coração, que o senhor escreva simplesmente uma breve carta à menina como fez outras vezes, onde o senhor poderia explicar que não está "zangado" com ela – nem "desgostoso" – porque Madelyn colocou na cabeça que é isto que acontece. O senhor teve filhas, como me disse, portanto sabe como elas podem ser emocionais na idade de Madelyn. Acredito que qualquer gentileza que o senhor puder fazer por ela será de grande ajuda.

Para salvar a vida de minha filha, escrevo desta maneira para um homem famoso. Por favor, não fique bravo comigo. Não escrevo muito bem, eu sei. Madelyn me disse que o senhor aparece em seus sonhos, mas que agora seu rosto está voltado contra ela. Ela está de coração partido! Por favor, sr. Clemens, diga a esta pobre criança que o adora, que o senhor não a detesta.

Agradecendo desde já por sua bondade,

Sinceramente sua,
(sra.) Muriel Avery

1088 Park Avenue
28 de agosto de 1906

Caro Samuel Clemens,

Já se passaram alguns dias e não recebi resposta sua sobre um assunto urgente que diz respeito ao bem-estar de minha filha Madelyn Avery.

Sr. Clemens, por favor, saiba que ontem à noite Madelyn deu entrada no Hospital Episcopal da Graça, na Lexington Avenue, porque seu peso caiu terrivelmente e o médico diz que ela mais parece uma menina de onze anos do que uma de dezesseis. Ela está muito quieta e deprimida, não parecendo se preocupar se vive ou morre e nenhum de nós da família tem influência sobre ela. O médico me preveniu que seu jovem coração ficará prejudicado e seus rins logo entrarão em "choque", caso ela não se alimente ao menos de líquidos. Oh, tenho pedido a Deus, toda a família e nosso pastor têm orado, o pai de Madelyn a tem visitado, mas Madelyn fecha os olhos e não quer escutar.

Eu ainda penso, caro sr. Clemens, que uma carta ou um cartão e mais ainda uma visita (mas não quero esperar por isto!) fariam toda a diferença para Madelyn. Se puder recorrer ao seu coração, caro sr. Clemens, eu ficaria imensamente agradecida.

Agradecendo desde já por sua bondade,

Sinceramente sua,
(sra.) Muriel Avery

1088 Park Avenue
30 de agosto de 1906

Caro Samuel Clemens,

Encontrei suas inúmeras cartas para a minha filha, que estavam escondidas em seu quarto. Estou muito nervosa. Tais conversas sobre "vovô", "Peixe-anjo", o "Lugar Secreto", "amor", que vieram à tona, me deixaram doente. No hospital, Madelyn não falaria sobre isto e ninguém quer assustá-la. A menos que eu tenha notícias suas através de uma resposta via correio, sr. Clemens, levarei estas cartas para o meu advogado e veremos se não darei início a uma ação judicial!

Sinceramente sua,
(sra.) Muriel Avery

...

Digo estas coisas vãs de maneira franca porque sou um homem morto falando da tumba. Acredito que só nos tornamos real e genuinamente nós mesmos, de uma maneira completa e honesta, depois de mortos, pois é quando acordamos para nos descobrir, com a respiração curta, tropeçando no comprido capim-marinho de Monadnock, as meninas correndo à frente, as peixes-anjo conduzindo o seu Almirante em uma vertiginosa caçada de borboletas ao luar, cada uma das meninas com redes de borboletas e lenços ensopados de clorofórmio, o jeito mais misericordioso de morrer – o sr. Clemens tinha recebido um pequeno frasco de clorofórmio de seu médico. Ah! O cheiro era docemente enjoativo, mas estranhamente agradável. O sr. Clemens gritou para que as impacientes meninas esperassem por ele, por favor esperem por ele, mas as meninas estavam se escondendo, estavam? – rindo? *Sr. Clemens! Vovô!* Gritos estridentes e cruéis, que ele sentiu como uma pontada de dor na armadura óssea do seu peito, risadas como vidro se despedaçando; acima, o grande olho branco brilhante da Lua, estático e impiedoso, julgando conforme o sr. Clemens cambaleava, escorregando sobre um joelho (atacado pela gota) no solo lamacento – seria possível que uma das deslumbrantes peixes-anjo o tivesse feito tropeçar ou tivesse arrancado sua bengala? – outra o estava atormentando, batendo a rede de borboleta em seus ombros e na cabeça curvada, e ainda outra – a sedutora bruxinha Molly Pope? – brandindo seu rosto com o lenço ensopado de clorofórmio porque, naquele entardecer daquele longo dia de verão, as peixes-anjo tinham se cansado dos jogos infantis, como baralho, charadas, xadrez chinês, somente uma caçada de mariposas ao luar as satisfaria, balançando selvagemente pequenas redes, apanhando suas presas e rapidamente "adormecendo-as" e jogando-as em uma sacola, correndo no capim-marinho. Clara tinha sido energicamente contra a brincadeira estridente e despreocupada das peixes-anjo, mas dificilmente se atreveria a ir ao seu encalço; o sr. Clemens dificilmente se atreveria a "acalmar os ânimos" por medo de deixá-las irritadas. Pobre sr. Clemens, com a roupa branca suja de mato, tão inseguro quanto uma mariposa gigante que tivesse sido ferida, seu cabelo branco flutuava para cima como se esperaria de um cabelo de fantasma; não é de se estranhar que as meninas se acabassem de rir com o velho e trêmulo Almirante, que não conseguia acompanhá-las, não podia se virar rápido o bastante para se defender de suas cutucadas e estocadas furtivas, sendo que o pior dos ataques vinha de – poderia ser a doce, grave, pequena Helena Wallace? – que ao luar se transformara em um demônio, as pernas como cimitarras flamejantes, os olhos como carvões em combustão. *Sr. Cle-mens! Vovô! Aqui!* Provocando ou atormentando porque o ancião tinha ficado para trás na caçada, investindo desajeitadamente contra borboletas e perdendo borboletas das mais bonitas, de um prata fluorescente, raiadas de tons escuros, borboletas com as asas mais intricadamente sobrepostas. Naquele longo dia ele ficara distraído com pensamentos dolorosos, uma sucessão de telefonemas detestáveis de seu advogado em Manhattan, consultas aflitas sobre um assunto urgente que não devia ser revelado nem mesmo a Clara (pelo menos até que não houvesse alternativa) por ser de natureza muito delicada, um assunto de privacidade absoluta porque o que aconteceria se tal escândalo vazasse para os jornais? O sr. Clemens era um cavalheiro de ilibada integridade e reputação, um símbolo de pureza em uma época de impudicícia. Repare como o sr. Clemens nunca aparece em público sem um branco radiante, o único americano vivo, tão puro de coração, razão pela qual ele pode se envolver em um branco imaculado. Não se deve permitir que uma chantagista conivente destrua a reputação do sr. Clemens, assim, seu advogado se encarregará disto; serão feitos pagamentos secretos em dinheiro vivo, serão exigidas promessas de confidencialidade, documentos legais serão assinados, as despesas médicas e hospitalares de uma jovem serão pagas integralmente, talvez possa ser providenciada uma longa estadia em um sanatório ao norte por pura coincidência o mesmo sanatório em que morava a miserável e infeliz filha inválida do sr. Clemens. Ah, aquele dia! Aquele confuso dia! Aquele dia em que o Almirante se sentira imensamente vulnerável e necessitado de beijos, as peixes-anjo nos seus joelhos, peixes-anjo surpreendentemente robustas e de longas pernas, peixes-anjo encaloradas, zonzas, agitadas, tirando vantagem do estado de fraqueza de um velho, piscando umas para as outras às suas costas, roubando no jogo de cartas e no xadrez chinês e até mesmo no bilhar, jogo sagrado para o sr. Clemens, em que a sedutora bruxinha Molly Pope lhe tomou quinhentos centavos de cobre. Ele conseguiu rir, como se o fato de perder não o tivesse deixado aborrecido, irritado. Ele também se magoara com o comportamento volúvel de Violet Blankenship, quase rindo dele, seus jovens seios macios apontando em sua blusa branca de marinheiro, úmida de suor; e seus olhos! Os olhos de Violet! Desconcertantes como os olhos de um gato gigante. Cambaleando agora no comprido, úmido e espetado capim-marinho atrás da casa de verão, os pés inchados latejando de dor, a dor no seu peito contundente e agressiva levando-o a ofegar, quem tirou a bengala do vovô? Como o vovô não consegue andar sem sua bengala, o pobre vovô é forçado a rastejar. Lá em cima, na casa onde havia uma luz acesa, Clara chamou por ele com uma voz suplicante: *Papai venha aqui! Papai, isto está muito errado! Papai você vai se machucar! Papai você precisa mandar embora essas meninas! Você tem de mandar seus hóspedes embora! Para se salvar, papai! Oh, papai, por que não bastamos um ao outro? Sou sua filha, papai!* De repente, como codornas do demônio, as garotas saltaram sobre o vovô saindo do mato alto, cutucando-o com suas redes de caçar mariposas, brandindo em seu nariz os lenços ensopados de clorofórmio. Como eram impiedosas suas jovens risadas, como eram cruéis suas investidas! O vovô Clemens escorrega e cai, agitando os braços para recuperar o equilíbrio, conseguindo se endireitar com dificuldade, apesar da dor terrível nas pernas, tentando alcançar sua peixe-anjo, ansiando por abraçar sua peixe-anjo, o coração aos saltos no peito e assim ele sabe *Ainda estou vivo – estou? Ainda vivo? Isto é vida?*

O Mestre no Hospital São Bartolomeu, 1914-1916

• HENRY JAMES •
1843-1916

1

Era para ser a prova crucial de sua vida.

Ele se lembrará: a chegada ao Hospital São Bartolomeu de táxi, a subida pelos largos degraus de pedra numa pressa apreensiva, a entrada no saguão, que mesmo tão cedo estava surpreendentemente lotado. Funcionários do hospital, homens de uniforme militar, civis como ele, que pareciam perdidos – "Desculpe-me? Poderia me dar uma informação?!" – mas suas maneiras educadas não tinham força suficiente para causar boa impressão, sua voz polida era hesitante demais. O pessoal do hospital passava por ele sem olhar. O São Bartolomeu era um grande hospital londrino em uma época de crise nacional. E seu clima de urgência e agitação funcionava como censura para ele, um civil solitário de mais idade. Seus grandes olhos profundos piscavam e se inteiravam do fato desanimador, como acontecia com muita frequência nos últimos anos, de que ele era, de longe, o indivíduo mais idoso à vista. Não usava nenhuma espécie de uniforme: nem médico, nem militar. Embora certamente ele soubesse ser impossível, em uma espécie de vaidade infantil, quase esperara que alguém o estivesse aguardando no saguão, talvez a ansiosa, gentil e amigável presidente do grupo de voluntárias para quem ele dera seu nome. Mas não havia ninguém parecido com aquela mulher por ali. E não havia ninguém parecido com o próprio Henry. Perplexo, quase tenso, viu que o saguão tinha formato oval e que dele saíam corredores como raios de uma roda. As paredes traziam avisos, e ele teve que se aproximar para ler com seus olhos fracos. Notou que o piso era de mármore, agora muito gasto e encardido, mas que em alguma época devia ter sido imponente. Bem no alto havia um teto abobadado que dava ao saguão um ar de catedral. Diretamente acima de sua cabeça havia um grande domo que revelava uma luz fraca e sombria, e, presos no seu interior, chilreavam alguns passarinhos. Pobres pardais presos naquele lugar!

Avistou um carregador assoberbado abrindo passagem através da multidão e se atreveu a puxar a manga do homem para perguntar onde deveriam se apresentar os voluntários de assistência aos feridos, mas o carregador passou sem que parecesse ter ouvido. Perguntou a uma jovem enfermeira atarefada onde poderia encontrar a enfermeira-chefe Edwards, mas a moça murmurou algo quase inaudível enquanto passava. Sutilmente ele sentiu o insulto, não tinha sido tratado por *senhor*. Estava sendo empurrado por estranhos, impacientes, sem pedidos de desculpas. Equipe médica, funcionários do hospital. Homens de uniforme militar. Parecia que novas internações estavam sendo trazidas para o hospital para tratamento médico de emergência, soldados recém-chegados, embarcados no *front* sitiado francês para Londres. Havia um cheiro de – sangue? Corpos? Angústia humana? Que cenas de sofrimento estariam acontecendo em outra parte do hospital? Henry estava preocupado com a possibilidade de desmaiar; aquele era um cenário muito estranho para um homem de tal introspecção! Era afetivamente, talvez ironicamente, chamado de Mestre pelo estilo de sua prosa madura, de matizes requintados que reprovava toda a simplicidade, ou seja, tudo que fosse grosseiro e primário, naquilo que ele sabia ser a complexidade bizantina do coração humano. Agora, no caos daquele saguão, sua respiração ficou mais curta. Desde criança tinha medo de barulho, uma espécie de fobia, temia que seus pensamentos pudessem ficar desamparados pelo ruído, que sua alma sumisse dentro dele. Porque nossas almas são falas e um simples barulho não pode ser fala. Sentiu uma constrição em seu peito, aquela espécie de dor que precede um ataque de angina, e resolveu ignorá-la. Severamente, disse para si mesmo *Você não vai sucumbir! Você veio aqui por um motivo.*

"Senhor!"

Sua manga foi puxada de um modo quase impaciente. Parecia que uma mulher estava falando com ele; em meio ao barulho e à confusão, ele não a ouvia. Era uma mulher atraente, de uma meia-idade juvenil, em um vestido de sarja escuro que sugeria um uniforme, embora não usasse touca branca engomada como as enfermeiras nem sapatos de sola de borracha. Perguntou se Henry viera como voluntário para o "pavilhão de feridos", ele rapidamente respondeu que sim e foi conduzido ao longo de um dos corredores. "Como me sinto agradecido por você ter me descoberto! Estava me sentindo bem..." Seu coração, agora, batia rapidamente com a perspectiva, finalmente, de uma aventura; mesmo quando suas sensíveis narinas se comprimiram com o ácido odor de desinfetante, aquela sensação se acentuou. Ele estava com certa dificuldade de acompanhar o andar da mulher de sarja escura, que parecia ter assumido que ele seria capaz de segui-la em passadas rápidas, embora ele claramente não fosse jovem e andasse com uma bengala para apoiar seu joelho esquerdo. Sofria de gota e edema nas duas pernas; era um senhor grande e corpulento que se conduzia com uma espécie de cuidado contido, como o Humpy Dumpty* que teme uma queda súbita.

"Por favor, aguarde aqui, senhor. A enfermeira-chefe virá ter com o senhor em breve. Obrigada!"

---

* Personagem tradicional dos contos de mamãe ganso que, mais tarde, foi descrito por Lewis Carroll em *Alice através do espelho* como um ovo em cima do muro. (N. T.)

A sala de espera foi quase um soco no orgulho de Henry; um espaço adaptado com apenas uma janela imunda que dava para uma passagem de ar, onde cerca de dez ou doze colegas voluntários – voluntárias, porque eram todas mulheres – aguardavam nervosas. Aquele era um ambiente bem diferente da sala de estar de *Lady Crenshaw*, em Belgravia, onde, na companhia de outros, o Mestre ingressara com tanta animação no Corpo Hospitalar de Voluntários Civis! Ali, ele não reconheceu um rosto do encontro de *Lady Crenshaw*, mas se preparou para o inevitável. *É o senhor James? Que honra! Sou uma de suas maiores admiradoras* – e se sentiu ao mesmo tempo aliviado, e, de certa maneira, desapontado, quando ninguém pareceu reconhecê-lo. Educadamente cumprimentou as mulheres sem se dirigir a nenhuma em especial, vendo de imediato que eram senhoras da classe privilegiada à qual, pelo menos por reputação, Henry James pertencia. No entanto, a julgar pelas características detalhadas de suas roupas e sapatos e pela opulência de suas alianças, percebeu que, com certeza, eram mais ricas do que ele. Todas as cadeiras de espaldar reto da sala de espera estavam ocupadas e quando uma das mulheres mais jovens se levantou para lhe oferecer o lugar, Henry agradeceu rapidamente murmurando não ser necessário.

O rosto do Mestre latejou de indignação. Como se ele estivesse muito fraco aos setenta e um anos! Propositalmente, permaneceu em pé, junto ao batente da porta, apoiado em sua bengala.

No corredor, funcionários do hospital carregavam pacientes em macas, alguns inconscientes, se não em coma, para o interior do prédio; empurravam outros em cadeiras de rodas ou em camas com rodas numa horrível procissão para a qual era impossível não olhar com crescente piedade e sobressalto. Por toda parte havia homens jovens andando de um lado para o outro, mancando em muletas, acompanhados por enfermeiras. Alguns ainda estavam usando seus uniformes muito sujos de sangue ou o que restara deles. Havia cabeças enfaixadas, torsos e membros enrolados em gazes ensopadas de sangue; vazios terríveis onde faltavam membros. Henry virou para outro lado, protegendo seus olhos. Então a guerra era isso! Aquela era a consequência da guerra! Tivera grande admiração por Napoleão, por um tempo – a *gloire* do triunfo militar e, sim, da tirania; ele teria sentido vergonha de especular o motivo preciso daquele sentimento. *Porque sou fraco. Homens fracos reverenciam os tiranos. Homens fracos sentem medo de dor física, suas vidas são estratagemas para evitar a dor.* Sentiu uma leve dor de angina como o sarcasmo de um menino de escola.

Já tivera tais ataques. Não estava com a saúde perfeita: tinha a pressão alta, estava acima do peso, perdia o fôlego facilmente. No bolso de dentro de seu paletó carregava um pacote precioso de comprimidos de nitroglicerina, para engolir rapidamente caso a dor aumentasse.

Prudentemente, afastou-se da porta. De algum lugar, lhe trouxeram um banquinho rústico que ele concordou em aceitar agradecido sem querer notar nos olhos das mulheres aquela preocupação velada que se sente por um parente mais velho. Desajeitadamente, sentou-se agarrado à sua bengala. Quase se esquecera do motivo de estar ali, naquele lugar abarrotado; por quem, ele, com aquelas senhoras que ele não conhecia, parecia estar esperando. Não se juntou a elas, enquanto ansiosamente sussurravam umas às outras, reclamando de estarem sendo tratados com grosseria pela equipe do hospital e lamentando as últimas notícias dos ataques alemães. Notícias de novas atrocidades perpetradas pelo Exército Imperial alemão na Bélgica, o medo de que a Inglaterra fosse a próxima a ser invadida. Comentava-se muito na imprensa o fato de que, naquela guerra diabólica do novo século, inúmeros civis estavam sendo mortos deliberadamente. Naquela manhã, Henry não conseguiu acabar de ler o *Times*, tivera que deixar o jornal de lado no café da manhã; depois, se sentindo muito fraco, não conseguiu terminar a refeição. Desde o início da guerra, em agosto, agora completando quase cinco semanas, pusera-se a ler meia dúzia de jornais, temendo, e ao mesmo tempo desejando, as lúgubres notícias. Deixara de lado sua própria prosa, tão finamente composta; agora, estava hipnotizado pelas principais manchetes, pelas fotografias chocantes, diferentes de todas as anteriormente publicadas nos diários britânicos, pela viva descrição das cenas do campo de batalha, pelas narrativas da bravura de oficiais e soldados britânicos e de seus trágicos ferimentos e mortes que quase abafavam o restante dos jornais, pelos editoriais com suas fundamentadas análises da situação política. Seus nervos estavam sensíveis, doloridos. Seu sono não era contínuo. Não queria pensar que, sob a perspectiva deste novo tempo de guerra, todos os seus esforços jamais poderiam ser vistos como um elegante desabrochar de uma civilização que estivera o tempo todo apodrecendo por dentro e que agora se achava em perigo de extinção. Pensou *Fui além da minha vida*. E, no entanto, inscrevera-se como voluntário do hospital. Dera dinheiro para o Fundo de Assistência aos Refugiados Belgas, organizado por uma amiga abastada, para a Cruz Vermelha Internacional e para o Corpo Voluntário Americano de Ambulância Motorizada. Desde o estouro daquela terrível guerra com um voraz agressor alemão, Henry estivera quase temerário ao abrir mão de um dinheiro que ele mal podia se permitir gastar; seus ganhos de 1913, bem como os de 1912 e dos anos precedentes, eram pouco mais de mil libras.

Tão desprezado pelo vasto público leitor plebeu, e, no entanto, tão ironicamente designado em círculos literários: o Mestre! Embora com o coração partido, Henry estava disposto a enxergar o humor daquilo.

"Senhoras. Venham comigo ao Pavilhão Seis." Uma enfermeira com alguma autoridade, cerca de quarenta e cinco anos, bastante robusta, faces coradas, surgiu subitamente à porta: enfermeira-chefe Edwards. Ao ver o único cavalheiro na sala de espera, a enfermeira Edwards completou, mais com irritação do que como desculpa: "E o senhor. Agora".

Novamente, Henry sentiu a estocada do insulto. Seu rosto melancólico e grande ensombreceu com embaraço no momento em que, com a ajuda de uma das mulheres, se pôs de pé.

Sem qualquer cerimônia, a enfermeira-chefe Edwards conduziu o contingente de voluntários pelos corredores traiçoeiros, mal reparando se eles eram capazes de acompanhar o seu ritmo. Ela era uma mulher atlética com um andar militar. Usava uma blusa branca engomada e um avental branco sobre uma saia azul-marinho que lhe chegava quase até os tornozelos; nos seus pés, sapatos brancos com sola de borracha. Seus cabelos cinza estavam firmemente recolhidos em um coque e sua cabeça trazia uma touca branca engomada. Suas maneiras bruscas não sugeriam nada de sociável ou flexível, como seria de se esperar de uma mulher da sua classe na presença de superiores, porque a enfermeira Edwards não parecia considerar os voluntários seus superiores sociais, o que era desconcertante. Henry, no final da procissão ondulante, sentiu-se desconfortável com tal quebra de decoro, o que não era um bom augúrio para sua primeira manhã de trabalho voluntário. O congestionamento do hospital o deixou alarmado e que cheiros! – não conseguiu se levar a identificá-los.

No entanto, mais desanimador, em meio a tais maus cheiros, eram atendentes que empurravam carrinhos carregados de bandejas de comida, exalando aromas de toucinho, gordura e produtos doces assados.

O Pavilhão Seis era, à primeira vista, uma multidão de absoluto barulho: um vasto espaço aberto como um salão, entulhado de camas que pareciam camas de campanha, tão perto umas das outras que não se conseguia imaginar como os médicos conseguiam passar por entre elas. Os voluntários estavam se pondo a par de tudo o que era esperado deles, ao menos inicialmente, era para "confortar" – "conversar com" – os feridos que conseguiam se comunicar. Aqueles que sabiam falar francês eram estimulados a procurar os belgas, cuja língua era o francês. Os voluntários não deveriam oferecer qualquer espécie de opinião ou conselho médico, mas se submeter exclusivamente à equipe médica. Não deveriam demonstrar sobressalto, horror, pena ou desgosto, apenas oferecer consolo. Na retaguarda do grupo, que se distinguia de forma muito desconfortável em roupas civis, estava o senhor, um voluntário de idade avançada, apoiado em sua bengala, sua grande e majestosa cabeça escultural erguida, ainda que lutasse desesperadamente contra a sensação de náusea. O cheiro no Pavilhão Seis era repulsivo, terrível; fedores animalescos, resíduos corporais, um forte odor de carne rançosa, pútrida: gangrena? E, todavia, Henry estava sendo levado – para onde? O que se esperava dele? Como é que ele tinha passado do esplendor da sala de visitas de *Lady* Crenshaw para aquele lugar infernal como em um sonho zombeteiro?

Em uma das camas estreitas e muito manchadas, um jovem que parecia ter pouco mais de dezoito anos estava deitado imóvel entre cobertas leves, a cabeça envolta em gaze, os olhos enfaixados como uma múmia, se é que ainda tinha olhos; em um buraco em trapos, manchado de vermelho, onde deveria haver uma boca ou um maxilar, uma enfermeira inseria um tubo, com um pouco de dificuldade, por onde o ferido deveria se alimentar. Henry desviou o olhar, em pânico. Em uma cama, bem junto a seu cotovelo, outro jovem estava deitado delirando de dor com feições febris e inchadas, faltava-lhe a perna direita. Por todos os lados gritos de dor e medo, gemidos, olhos enlouquecidos de terror. Henry cambaleou para a frente, indo mais para dentro do pavilhão. O que era isso? Moscas roçando o seu rosto? E no desbotado teto reluziam enxames de borrachudos. Ouviram-se vozes altas, autoritárias vozes masculinas; Henry ficou profundamente agradecido ao ver pelo menos dois médicos em cena, mas não ousou se aproximar deles. Tropeçou novamente. Estava sendo conduzido adiante, talvez para conversar com um dos soldados belgas, muito distraído ao ver em um amontoado de lençóis o que parecia ser um torso masculino desfigurado, uma carne úmida exposta como o lado de um bife e a cabeça do jovem enrolada em gaze deitada em um ângulo estranho como se o pescoço estivesse quebrado. Alguém estava chamando *Senhor?* com um ar de preocupação, Henry virou-se para ver quem era e o que queriam dele, enxergando naquele instante em um carrinho na passagem no que parecia ser um urinol de porcelana, ou um recipiente muito parecido com um urinol, um vômito humano sangrento, no entanto, contorcendo-se com grãos brancos de arroz – larvas? Será que um dos feridos estava infestado de – larvas? Henry cambaleou para frente, a pele do rosto retesada e fria, seus lábios fixos em um ligeiro sorriso em transe, muito diferente do sorriso reservado, confiante do Mestre em lugares públicos. Uma das jovens enfermeiras o estava levando até a cama de um jovem que parecia desolado, com os pálidos olhos azuis em choque. Henry tinha uma vaga consciência de que os outros voluntários não pareciam estar tendo tanta dificuldade quanto ele e em protesto pensou *Mas são mulheres, estão acostumadas com os horrores do corpo.* A visão de Henry estava se estreitando rapidamente, de repente, ele parecia estar observando, com dificuldade, através de um túnel escuro. Ao lado da cama do jovem entorpecido, começou a gaguejar: "*Pardonnez-moi? S'il vous plaît, je suis –*", mas um buraco negro abriu-se subitamente a seus pés, ele caiu dentro e se foi.

2

Indizível. Além da vergonha. Como a própria civilização desmorona.

Ele anotaria em seu diário aquele dia vergonhoso no São Bartolomeu com uma pequena cruz em tinta negra: †

Espalhadas pelo diário, com mais concentração desde o começo da guerra, havia essas misteriosas cruzes em tinta negra para indicar, numa linguagem secreta, Dias de Desespero: † † † † † † †

O raro Dia de Felicidade fora anotado com uma pequena cruz em tinta vermelha: †

Tinha que inventar um código pelo bem da discrição. Muito da vida passional do Mestre era secreto, subterrâneo! Nenhum biógrafo jamais perscrutaria as profundidades de sua alma, era um juramento.

"Com a ressalva de que, talvez, no fim das contas, seja uma alma rasa. E ficará mais rasa com a idade."

Como estava decepcionado consigo mesmo! Como a atuação do Mestre fora abjeta quando posta à prova.

Temendo o que fosse descobrir, Henry percorreu o diário. Em numerosas páginas havia cruzes negras enigmáticas. Com pouca frequência, cruzes vermelhas. A última cruz vermelha parecia ter sido há meses, em junho: amigos tinham vindo de carro para almoçar com ele em Rye, na Lamb House. Desde então, apenas dias não assinalados ou assinalados em negro.

O senhor idoso caiu. Reanime-o rapidamente e tire-o daqui.

De alguma maneira, tinham colocado Henry de pé. Saudáveis atendentes homens. Fora quase carregado para fora do pavilhão até a entrada do hospital e mandado em um táxi de volta para casa, a construção de pedra perto do rio de onde saíra valentemente no começo daquela manhã, esperançoso.

Na privacidade de seu apartamento, durante dias depois do acontecido, Henry ouvia a voz exaltada da enfermeira-chefe que registrara bem mais humilhação do que preocupação ou alarme. A terrível mulher, treinada como enfermeira, e sem dúvida uma enfermeira muito competente, não teria ficado muito preocupada caso o idoso voluntário tivesse morrido, desde que não morresse em sua ala.

O senhor idoso. Fora daqui. Rápido!

O que extravasou da pena do Mestre, rabiscado em seu caderno, não passou de guinchos de uma insólita dor animal.

matéria bruta/brutos
atrocidades contra civis desarmados, crianças e idosos
podridão/gangrena/*gloire* da história
ferimentos particulares, mortificação: dentes extraídos
angina/icterícia/herpes-zóster/aversão a comida
enxaqueca/mal-estar
desmoronamento da civilização/doença que leva à morte
o mundo como uma ferida aberta infectada
o mundo como um ferimento hemorrágico
Pavilhão Seis, Hospital São Bartolomeu: uma antessala do
    Inferno
malditas dentaduras mal ajustadas/brilhantes demais/caras
fracasso da *New York Edition*
direitos deploráveis, depois de uma carreira de quatro décadas
Exército Imperial alemão: colunas de formigas vorazes em
    marcha
inanição profunda e depressão
"não acordar – não acordar": minha prece
"desviar meu rosto da cena monstruosa"

No entanto, como desviar o rosto, quando a cena monstruosa o cercava por todos os lados como um esgoto que sobe?!

Eis um segredo da vida pregressa do Mestre: em 1861, quando garoto de dezoito anos morando com sua família em Newport, Rhode Island, em uma época de crescente excitação com a guerra em que homens e garotos alistavam-se ansiosos no exército da União para lutar contra os rebeldes confederados, Henry alegou sofrer de um "mal obscuro" – uma "dor prevalecente" nas costas que tornava impossível seu alistamento como soldado.

E, assim, Henry se viu poupado de um maior dano físico e até mesmo da possibilidade de um dano. Um jovem tão sensível! – tão obviamente incapaz, como seus pais percebiam, de fazer qualquer tipo de esforço "masculino" no exército ou no casamento; foram-lhe poupadas até mesmo as acusações de *covarde, de simulador de doença*.

E, no entanto, era isso o que acontecia. Era um covarde e um simulador de doenças. Aos setenta e um anos, assim como aos dezoito. Ele se escondera das grandes e graves ameaças da guerra, enquanto outros de sua geração tinham ido lutar para preservar a União e acabar com a escravidão. Alguns haviam morrido no campo de batalha, alguns retornaram mutilados, aleijados. Outros voltaram sem qualquer ferimento aparente, mas alterados, amadurecidos e "viris". Henry se escondera e logo depois viajou para a Europa para dar início a seu destino.

Na *bay window* de seu apartamento em Londres, na atenuada luz de outono, ele refletia sobre esses assuntos obsessivamente. Sentou-se rigidamente em um divã de couro pronto para escrever, caneta na mão e um caderno sobre os joelhos, seus olhos pensativos voltados para o rio a pouca distância, onde rebocadores e barcaças passavam ainda com mais urgência neste tempo de guerra. Segurava uma caneta em sua mão direita, mas não conseguiu escrever.

Não conseguia se concentrar para escrever. Pensamentos corriam desordenadamente em sua mente como relâmpagos de verão. Por que aquela enfermeira-chefe não tinha gostado dele de imediato? Por que dele? Que suas roupas e seu comportamento indicavam que ele era um cavalheiro, enquanto a enfermeira Edwards dificilmente pertenceria à classe educada britânica, isso ele podia entender; todavia, a animosidade daquela mulher parecera pessoal. Seu coração bateu com ressentimento e medo como se ela estivesse por perto, naquele mesmo quarto, com ele.

O senhor idoso. Fora daqui!

Cada vez que Henry ouvia a voz, mais claramente ele ouvia a gratificação, a maldosa satisfação ali contida.

"Ela triunfou sobre 'o Mestre'. Não há nada a ser feito – há?"

Henry não era de beber. Não sozinho. Contudo, agora, nesta temporada do inferno de 1914, com os jornais trazendo notícias da guerra ainda mais preocupantes e essa humilhação pessoal corroendo suas entranhas, para acalmar seus nervos em farrapos e para conseguir dormir, intencionalmente serviu-se de um forte vinho do porto da Madeira para bebericar enquanto meditava. Lembrou-se então, à medida que o porto começava a esquentar suas veias, de um já quase suprimido fato passado: alguns anos antes, em uma noite de verão, quando acabara de comprar a Lamb House, em Rye, para levar uma vida de escritor solteiro, mais concentrada e mais frugal do que parecia possível em Londres, passou a madrugada acordado por causa dos uivos infernais de uma criatura. Saíra de casa enfurecido, algo que não era da sua natureza, localizara a criatura, um gato, um grande gato malhado branco e preto, e começara a falar sedutoramente com ele para ganhar sua confiança. E então, para seu próprio espanto, golpeara o animal com um porrete, com tal força que a pobre criatura morreu na hora com a cabeça quebrada.

Imediatamente, então, Henry recuou e começou a vomitar.

Contudo, ao se lembrar do incidente, conforme o vinho corria calorosamente em suas veias, sentiu-se muito diferente em relação ao caso: mais perplexidade do que horror e uma sensação de júbilo.

3

"Então, senhor. Você está de volta."

O tom era seco, inamistoso. Os olhos de pedra tinham um olhar fixo e os travados maxilares de buldogue sugeriam o quão profundamente a enfermeira-chefe Edwards desejava poder proibir sua entrada no Pavilhão Seis, mas, logicamente, como simples membro da equipe de enfermagem, apesar do seu cargo, ela não tinha essa autoridade. Porque o programa de voluntariado se revelara popular no hospital carente de funcionários e Henry, agora tratado como "sr. James", estava sendo levado para dentro do pavilhão por um dos médicos mais importantes do hospital, um amigo íntimo de *Lady* Crenshaw.

Henry murmurou que sim, estava de volta: "Quero muito poder *ser útil*, entende? Já que estou velho demais para me alistar como soldado".

Sob a asa do médico, um dos administradores do São Bartolomeu, Henry sabia-se a salvo da enfermeira-chefe. Ele não desafiaria a sua autoridade, mas simplesmente a evitaria porque a enfermeira Edwards era a mais desagradável das mulheres, impossível de ser cativada. Uma enfermeira mais jovem e mais gentil tinha sido designada para supervisionar os voluntários da manhã e seguia adiante com Henry para apresentá-lo a pacientes que não estivessem tão desesperadamente feridos ou em tal delírio que os voluntários eram desencorajados a se aproximar deles. O Pavilhão Seis não parecia estar, para alívio de Henry, tão caótico quanto há alguns dias, embora os odores continuassem desanimadores e fosse uma visão agourenta as cortinas brancas opacas que tinham sido colocadas em torno de várias camas para ocultar o que acontecia em seu interior.

Desta vez, Henry estava bem mais preparado para sua visita ao São Bartolomeu. Pensara em trazer uma cesta com frutas macias, fáceis de comer, chocolates, pequenos vidros de geleia, palavras cruzadas e livros finos de poesias de Tennyson, Browning, Housman. (Pensara em trazer os versos mais fortes e discutíveis de Walt Whitman, mas desistira, uma vez que não estava completamente certo de aprovar totalmente aquele "selvagem" poeta americano.) Ao cumprimentar o primeiro de seus pacientes, um jovem de rosto mal-humorado que estava escorado com firmeza pelo que pareciam ser travesseiros sujos em seu catre estreito, Henry tentou não se distrair com os olhos profundamente tristes do jovem e com seu rosto exausto, mas falar de forma encorajadora como as voluntárias estavam fazendo.

"Olá! Espero não estar incomodando..."

Com uma careta de desagrado ou dor, o jovem ergueu seus olhos para o voluntário que se inclinava sobre sua cama como uma grande ave de rapina, mas, como se o esforço lhe custasse demais, seu olhar parou mais ou menos na altura do botão mais alto do colete do cavalheiro. Seus lábios finos se contorceram em um sorriso mecânico, numa mímica, o tipo de comportamento educado que se espera que os jovens exibam na presença de pessoas mais velhas, pelas quais não nutrem qualquer sentimento. Henry tinha sido informado de que o jovem era um "caso de estilhaços de bomba", mas em uma rápida olhada não conseguira ver quais eram os seus ferimentos; sentia-se aliviado de que, ao contrário de muitos dos seus companheiros, ele não parecia ter sofrido algum dano na cabeça e não lhe faltava um olho. Henry perguntou o seu nome –

e ouviu em um resmungo desanimado algo que soou como "Hugh"; Henry perguntou de onde ele era – e ouviu alguma coisa que soou como "Manchester". Para isso não conseguiu pensar em nenhuma resposta; inconscientemente, pressionava sua mão contra o peito como que para segurar o coração, que batia e dava guinadas como se estivesse bêbado.

Outras perguntas sobre a vida pregressa de Hugh, sua posição no exército eram respondidas da mesma maneira concisa, quase irritada, com o mesmo sorriso fixo de zombaria, enquanto seu olhar injetado permanecia fixo, sem se alçar até o rosto de seu interlocutor. Henry queria argumentar *Mas, garoto, olhe para mim, para os meus olhos! Como eu estou ansioso para lhe oferecer conforto!* Gaguejando ao falar, como se tais frases fossem comuns ao Mestre: "E Hugh, em que lugar da França você 'presenciou a ação' – presumo que tenha sido na França?". Nessa hora, o rosto do jovem se enrijeceu e seus ombros começaram a tremer como se ele estivesse com muito frio.

Atrapalhado, Henry dissera a coisa errada, não é? No entanto, o que mais alguém poderia dizer naquelas circunstâncias? Era evidente que agora Hugh queria conversar, contando para Henry, em uma voz rouca e angustiada uma história não muito coerente sobre si próprio e sobre vários outros soldados de seu batalhão, em Amiens, onde, ao que parece, alguém fora morto e onde Hugh fora ferido. A última coisa da qual Hugh se lembrava era uma explosão ensurdecedora. Depois, soubera que mais de duas centenas de estilhaços tinham penetrado em suas pernas e na parte inferior do seu corpo. Ele quase morrera de intoxicação, "septicemia". Agora Henry via que, sob o cobertor fino, as pernas do jovem não tinham uma aparência normal, os músculos pareciam debilitados, atrofiados e Hugh falava tão devagar, com tal distorção em seu rosto, que Henry imaginou que ele também tinha sofrido algum dano cerebral ou ficado mentalmente desequilibrado depois de sua provação. Agora os olhos de Hugh agarravam-se aos dele, em inconfundível miséria e raiva. Estava tentando não chorar com as lágrimas correndo-lhe pelo rosto. Sem saber o que fizera, Henry procurou segurar as mãos do jovem que tremiam horrivelmente. Os dedos estavam gelados, mas se fecharam avidamente em torno dos dedos de Henry. "Meu caro garoto, coragem. Agora você está a salvo, em solo britânico, vai receber os melhores cuidados médicos neste hospital e será mandado para casa, para sua família em..." Essas palavras, que poderiam ter saído da boca sorridente de um político, saíram de algum modo da boca do Mestre; ele não tinha ideia de onde elas haviam brotado ou se, de alguma maneira, poderiam ser verdadeiras. Estava abalado pelo fato de que, pela primeira vez em sua vida, demonstrara interesse em tocar outra pessoa daquela maneira e essa pessoa era um jovem ferido, um estranho.

"Você ficará bem! Voltará a andar! Tenho certeza!"

Apenas o vigilante olhar endurecido da enfermeira-chefe Edwards, em algum lugar do pavilhão, impediu Henry de cair de joelhos ao lado da cama do jovem.

Também naquele dia no Pavilhão Seis, sorrindo gravemente e se movendo com uma dignidade majestosa de cama em cama, a pulsação acelerada por uma excitação que cuidou de esconder, o Mestre conversou com jovens soldados feridos chamados Ralph, William, Nigel, Winston. Eram de Newcastle, Yarmouth, Liverpool, Margate. Leu para eles versos confortadores ("A mais bela das árvores, a cerejeira agora/tem o galho carregado de flores") e, como um avô dadivoso, os presenteou com produtos de sua cesta. Sentia-se muito cansado como se tivesse ficado acordado por um dia e uma noite ou percorrido um longo trajeto. Não se acostumara com o choque de ver tantos homens jovens feridos e incapacitados e com a estranha e perturbadora intimidade de estarem em suas camas, em roupas de hospital. Tampouco se acostumara com as moscas e com as baratas sob seus pés, com os odores de resíduos humanos e carne gangrenada. Sentia-se perturbado ao pensar em como simplesmente tais coisas não eram nomeadas nos trabalhos literários que ele e seus companheiros escreviam nem quando conversavam uns com os outros. Em toda a louvada ficção do Mestre nenhum personagem, masculino ou feminino, habitava um verdadeiro corpo físico, muito menos um corpo que *cheirasse*.

Ao deixar o Pavilhão Seis, andando com um lenço pressionado contra seu nariz, Henry conseguiu se desviar de vários outros voluntários que também saíam; estava ansioso para ficar sozinho com seus pensamentos. Depois do Pavilhão Seis, a conversa amistosa, mas banal, das senhoras seria intolerável.

O Mestre voltou para casa de táxi. Cambaleante, subiu os degraus da construção de pedra e se afundou pesadamente no divã de couro junto à *bay window*. Como estava exausto, e, no entanto – que animação! Naquela noite, escreveu em seu diário *É como se minha pele tivesse sido arrancada e todos os meus nervos estivessem expostos*. Assinalou o dia com uma cruz vermelha, a primeira em meses, e ao lado da pequena cruz a enigmática inicial *H*.

Durante semanas, meses seguidos do ano de 1914, que rapidamente se esvaía, o mais velho dos voluntários do Hospital São Bartolomeu se moveu como alguém hipnotizado. Cada vez que entrava no tumulto do Pavilhão Seis, a visão lhe era, ao mesmo tempo, uma revelação e um choque. Tantos feridos! Mutilados! Tanta dor, pesar! Tal espetáculo de sofrimento parecia ao Mestre ser uma censura a ele e a sua arte finamente tecida, ornada, pela qual o mundo lhe rendera tantos elogios. Um tanto envergonhado, pensou *Este é o mundo real, não é?*

Não voltou a ver Hugh.

Hugh, você. Para quem ele teria dado seu (idoso, enfermo) coração.

Ao entrar no Pavilhão Seis, na manhã seguinte a sua visita inicial, com o pulso acelerado, teve uma visão péssima: um biombo revestido de branco em torno da cama de um jovem soldado, escondendo o que acontecia lá dentro. Henry se quedou paralisado. Não conseguia se aproximar.

"O senhor não deve se ligar aos jovens. Você verá por quê."

A arguta enfermeira-chefe Edwards notara a expressão do rosto de Henry. Ela falou duramente, mas não desprovida de simpatia.

Henry resmungou algo em resposta. Na verdade, não conseguia pensar em uma resposta.

Se não fosse para ser Hugh, restavam Ralph, William, Nigel, Winston. Os feridos recém-chegados do *front* deliravam de dor e faltavam-lhes braços, pernas, olhos. O ruivo Alistair, Oliver de olhos azuis, para estes e para outros, Henry leria versos e jornais; ele que, durante anos, ditou para uma estenógrafa, e isso se tornara uma prática para aliviar a dolorosa câimbra de escritor em sua mão direita, descobriu-se encantado em "tomar ditado" e escrever cartas para as famílias dos soldados, com a letra mais legível e elegante de que era capaz. Frequentemente, escrever tais cartas era uma experiência emocional dolorosa; tanto o jovem quanto seu idoso estenógrafo chegavam às lágrimas. No final, se o jovem não conseguia assinar seu nome ou manejar sozinho uma caneta, Henry segurava-lhe a mão para ajudá-lo a assinar.

Ele pagava o correio, ele enviava as cartas. Trazia seus mimos costumeiros para serem distribuídos pelo pavilhão. Trazia romances de aventuras: *Sir* Walter Scott, R. D. Blackmore, Wilkie Collins. (Porque logo percebera o quanto era improvável que qualquer um daqueles jovens, mesmo os mais inteligentes, quisesse tropeçar em sua prosa lenta, altamente refinada, implacavelmente analítica, focada exclusivamente nas tênues relações de homens e mulheres privilegiados, que nunca haviam sofrido nem mesmo a violência branda de um tapa no rosto.) Gastava dinheiro desbragadamente comprando peças de vestuário, como roupas de baixo, meias, roupões, até mesmo fronhas e lençóis, xales quentes, cobertores, chinelos, sapatos. Embora, às vezes, seu coração pipocasse com esforço, ajudava jovens a se levantarem da cama, a se ajustarem às muletas ou à cadeira de rodas; era um voluntário ansioso por empurrar os pacientes em cadeira de rodas para um solário nos fundos do prédio, para contemplar do alto o terreno do hospital. Nos dias ensolarados, ele os levava para fora, pelos caminhos de cascalhos, sob os plátanos de beleza elegante, embora o esforço fosse considerável, deixando-o com a respiração acelerada.

Se morresse no esforço, nos braços de um jovem, talvez! – não seria uma morte tão trágica.

Naquele inverno de 1914-1915, o diário ficou repleto de cruzes em tinta vermelha, ao lado de inicias como A., T., W., N., B.

"Meu segredo! Minha felicidade, ninguém precisa saber."

Porque para ele, no tumulto do seu sangue, a felicidade parecia algo pecaminoso, na verdade vulgar e depreciativo.

Agora, lendo para os jovens feridos, em um tom profundamente modulado de alguém que mal consegue evitar que sua voz trema, o verso sugestivo e emocionante de seu grande compatriota Walt Whitman:

Brilhe! Brilhe! Brilhe!
Derrame seu calor, grande sol!
Enquanto nos aquecemos, nós dois, juntos.

E estas hipnóticas palavras pulsando com o movimento de seu próprio sangue despertado:

> *Oh caro camarada! Oh enfim você e eu e apenas nós dois.*
> *Oh uma palavra para aclarar eternamente o caminho que se segue!*
> *Oh algo entusiasmado e indemonstrável! Oh música louca!*
> *Oh agora eu triunfo – e você também;*
> *Oh mão na mão – Oh prazer total – Oh mais um desejoso e amante!*
> *Oh urgente um forte abraço – urgente, urgente junto a mim.*

Em seu diário a melancólica consideração *Quem seria Mestre se pudesse ser – "Camarada"?*

Empurrando um dos jovens em sua cadeira de rodas ao longo dos corredores apinhados do São Bartolomeu, subitamente ele poderia confidenciar com ousadia: "Sabe, acho que meu fantasma vai assombrar este lugar! Muito depois do final da guerra, quando todos vocês tiverem sido dispensados, minha melancólica figura continuará a assombrar este lugar – o 'amante-fantasma'".

Amante-fantasma. Isto era um atrevimento. Era arriscar demais. Mas, com o hospital saturado de tanto barulho, àquela hora qualquer jovem que ele estivesse empurrando em uma cadeira de rodas, perdido em seu próprio sonho inquieto, fazendo caretas pelo desconforto físico, não se daria ao trabalho de pedir ao idoso voluntário que repetisse suas curiosas palavras.

"Oh! O que..."

Rapidamente Henry deixou de lado seu exemplar de *Folhas da relva* para se debruçar sobre o jovem afligido na cadeira de rodas, cujo nome ele esqueceu no momento terrível em que o enfermo começou a tremer e entrar em convulsão. Sua boca torturada verteu sangue que escorreu pelo seu queixo, sujando o peito. Em pânico, Henry atrapalhou-se para tirar de seu bolso e desdobrar com os dedos trêmulos um de seus lenços de linho, de um branco impecável, com monograma, tentando limpar o horrível sangue derramado.

"... caro garoto, o que aconteceu, Oh, Deus não deixe..."

Um alarme soou, os funcionários do hospital intervieram. O paciente com problema foi levado para um tratamento de emergência e o idoso voluntário, parecendo um tanto perturbado, foi mandado para casa.

... devemos pela preciosa vida fazer nossas próprias contrarrealidades.

Na reclusão de seu apartamento em Londres, em uma rua calma, na privacidade de seu dormitório, o Mestre reverentemente desdobrou o lenço de linho e, durante um longo tempo, contemplou a úmida mancha vermelha que lhe parecia ter a forma de uma estrela, simétrica. "Caro garoto! Rezo para que Deus esteja com você", embora o Mestre não fosse um homem religioso nem tivesse o hábito de murmurar tais preces, mesmo sozinho. Beijou a mancha sanguínea. Cuidadosamente, colocou o lenço desdobrado no peitoril da janela para secar. E quando estava seco, naquela noite, antes de ir para a cama, beijou novamente a mancha com ternura, colocando o lenço, ainda aberto, ao lado de seu pesado travesseiro de penas de ganso como continuaria a fazer nas muitas noites que se seguiram. A cada manhã, tinha o cuidado de removê-lo e escondê-lo, para que sua governanta, a sra. Erskine, não o descobrisse e pensasse, com horror, que o Mestre estivera tossindo sangue durante a noite.

Em seu diário sobre esses dias sombrios tão carregados de emoção, Henry registraria, em um código delicioso, que nenhum biógrafo jamais decifraria, cruzes em tinta preta e em tinta vermelha † † † † †

"Senhor! Dá para perceber que sofreu um choque."

A terrível enfermeira-chefe Edwards parecia, com a sua atitude, estar bloqueando a entrada para o Pavilhão Seis. Impassível, ficou com seus braços fortes e compactos cruzados sobre seu grande e intimidador busto. Sua engomada touca de enfermeira, impecavelmente branca, sua blusa também impecavelmente branca e engomada e seu avental branco, assim como a saia azul-marinho que se alargava nos seus amplos quadris e chegava quase até os tornozelos, lhe davam o aspecto tanto austero quanto voluntarioso de uma freira católica romana. A voz da enfermeira Edward tinha uma aparente simpatia, desmentida pelo torcer irônico de seus lábios e pelo olhar acusatório de seus olhos muito juntos.

"Um – choque? Eu? Mas –"

"Ontem, Aqui. Uma hemorragia repentina, pelo que me contaram. O senhor – tentou ajudar. O senhor é o mais dedicado de nossos voluntários. Nós lhe agradecemos, estamos imensamente agradecidos." A enfermeira-chefe ainda fixava o Mestre com seu olhar irônico, acusatório, que o levava a gaguejar uma resposta vacilante, prontamente interrompida por ela, conforme se virava para deixá-lo passar:

"Tais choques aparecem no rosto, senhor. Fique atento."

Ela sabe! Ela viu no meu coração. A mulher é minha inimiga: nêmesis. Como posso preponderar sobre minha nêmesis, tenha piedade de mim!

Era verdade, nos olhos de Henry surgiu um brilho não natural e em suas faces enrugadas e flácidas um rubor vivo como se tivessem sido esbofeteadas. Como um narcótico, a maldição do Hospital São Bartolomeu tinha penetrado em sua corrente sanguínea.

"Eu não! O menos provável dos 'viciados'."

Como o Mestre desaprovava tais fraquezas nos outros: bebedeira, glutonaria, tabaco, o letal absinto e o ainda mais letal ópio (conhecido como láudano em seu disfarce distinto, adorado por muitas mulheres elegantes); acima de tudo, ligações ilícitas e descontraídas com pessoas de situação ou classe questionáveis! (Na verdade, o Mestre não tinha simpatia pela "tragédia miserável" de seu contemporâneo mais jovem, Oscar Wilde, cujo julgamento escandaloso por "atos abomináveis" com jovens cativara Londres na década de 1890, e se recusara formalmente a assinar uma petição de alívio para as duras condições da sentença de prisão de Wilde.) Todavia, Henry tinha que reconhecer, longe da atmosfera febril do São Bartolomeu, que se tornara – e a que ponto! – "viciado" naquilo: nos jovens soldados feridos do Pavilhão Seis, muitas vezes mutilados e aleijados. Acordado e sem sono, era assombrado por seus rostos, não menos importantes na privacidade do apartamento de Londres do que em sua presença real. Como eles lhe pareciam inocentes, no frescor da juventude! Como meninos, como simples crianças, como eles pareciam amedrontados com o que lhes acontecera, as mudanças terríveis, talvez irremediáveis de seus jovens corpos e, no entanto, de alguma maneira, tão pungentemente suscetíveis à esperança. Raramente a relação de Henry com eles ia além da formalidade porque não ousava tocá-los demoradamente. Quando ajudava as enfermeiras alimentando os incapazes de fazê--lo sozinhos, tomava cuidado para não se aproximar demais, não encarar com muita avidez, com olhos de desejo. Apenas na privacidade de seu dormitório o idoso voluntário se permitia murmurar de maneira audível: "Morreria por vocês, queridos garotos, se pudesse – de alguma maneira – ocupar o seu lugar! Daria estas pernas velhas e doentes a vocês que perderam suas pernas! Minha respiração, meu coração, meu próprio sangue, se eu pudesse preenchê-los com a minha vida e deixá-los novamente sadios e inteiros, meus garotos queridos, eu o *faria*".

Tais manifestações deixavam-no sem fôlego, com a cabeça tonta como se tivesse bebido, andando pelo quarto, batendo os pulsos levemente um no outro, sussurrando, com as faces ruborizadas e os olhos brilhando, o colarinho aberto na garganta para que pudesse respirar mais livremente.

Ali naquele quarto, em segredo, em um armário com uma fechadura cuja chave a sra. Erskine não tinha, Henry montou um altar: em uma linda caixa entalhada de mogno colocou duas velas votivas para iluminar o que viera a chamar de "suas relíquias sagradas", que consistiam até então em vários lenços com o monograma *HJJ*, duros de sangue seco; tiras de gaze manchadas de sangue e/ou muco; chumaços de cabelo, um anel de sinete, uma meia, várias fotografias (de sorridentes jovens uniformizados tiradas em dias mais felizes, antes de terem sido despachados para a guerra); até mesmo um terço de contas negras abandonado por um soldado que tivera alta. Henry sabia que não era prudente de sua parte levar tais itens do hospital nem reuni-los daquela maneira. Em fases de grande excitação, ajoelhava-se defronte ao pretenso altar à luz de velas juntando as mãos em uma atitude de oração. O Mestre não acreditava em preces, assim como não acreditava em Deus. No entanto, seus lábios se moviam nas preces mais delirantes: "Garotos queridos! Meus amores! Vocês moram dentro de mim. Moro dentro de vocês. Mas ninguém deve saber sobre vocês. Nem mesmo *vocês*".

A arte é longa e tudo o mais é acidental e insignificante.

Foi o que o Mestre escreveu para um proeminente conhecido literato, um senhor renomado como ele próprio, sorrindo em pensar como os biógrafos das décadas seguintes, em respeito a seu gênio, agarrariam tais declarações com gritinhos pela descoberta.

4

"Meu sangue é ruim. Como a minha alma."

Ele se chamava Scudder: o mais simples dos nomes. Seu rosto se crispava com repugnância se alguém o chamasse pelo primeiro nome: Arthur.

Scudder era um amputado, um recém-chegado ao Pavilhão Seis. Dava para ver que em alguma época tivera um rosto infantil, agora com cicatriz, ferido, vincado, a pele tão pálida que parecia esverdeada. Scudder fora ferido na cabeça. Seu cabelo estava raspado rente ao couro cabeludo, lugubremente riscado com cicatrizes. Apesar de toda sua desgraça, tinha um ar de autoridade e isso levou o velho voluntário que lia para ele o *Times* de Londres, o *Guardian* de Manchester, poetas pouco sentimentais, que lhe fornecia livros com charadas matemáticas e balinhas de alcaçuz, que o empurrava, caso a temperatura estivesse razoavelmente agradável, pelos caminhos de cascalho atrás do grande hospital, a querer homenageá-lo chamando-o de "tenente Scudder".

Porque Scudder era um oficial ou tinha sido. Mas agora ele se mostrava desdenhoso: "Não aqui. Não mais o maldito 'tenente'. Basta Scudder".

Scudder repelira os outros voluntários. Era indiferente ou bastante grosseiro com a equipe do hospital, mesmo com os médicos do Pavilhão Seis e com a enfermeira-chefe Edwards; por isso Henry não levava para o lado pessoal quando ele lhe falava com desprezo.

"Scudder." Henry pronunciou o nome como se o estivesse saboreando: tão notavelmente abrupto.

Este narcótico, o Hospital São Bartolomeu! Os odores dos corpos masculinos numa intimidade atravancada. Suores corporais, resíduos corporais, gases flatulentos como fumaças nocivas. Urinóis esmaltados, lençóis imundos. Nas fronhas sujas, minúsculos pontos como fibras de algodão: "percevejos". E, em meio a tudo isso, indivíduos tão impressionantes como Scudder, de Norwich.

Em toda a prosa do Mestre nem um único Scudder. De Norwich.

O coração com angina de Henry batia pesadamente. Sua grande mão insegura pressionou contra a frente do seu colete, apertando.

Scudder respirava ruidosamente, às vezes com dificuldade. Mas era perspicaz. Encarando Henry com um olhar franco e rude: "E o senhor? Qual é o seu nome?".

"Bom, eu já lhe disse, acho – 'Henry'."

"'Henry' é como foi batizado. Diga-me o que o senhor *é* no seu sangue: seu sobrenome."

Sentado junto ao catre de Scudder, em um canto malcheiroso e com zumbidos de moscas do pavilhão, Henry gaguejou: "Meu sobrenome? Pouco importa, não estou ferido".

Irritado, Scudder replicou: "O que importa para mim, sobre mim, não é o fato de estar 'ferido'. 'Ferido' é um maldito de um acidente estúpido que me aconteceu, assim como aconteceu para vários outros. Minha identidade não é o maldito 'ferido' e minha intenção é sobreviver ao maldito 'ferido'".

O sotaque de Scudder dava a entender que ele era da classe média: seria o pai um comerciante? Um açougueiro? Não uma formação em escola pública, mas em colégio militar.

"Claro! Entendo..."

Henry sentiu sua face queimar de constrangimento. Nada é tão irritante quanto a condescendência dos mais velhos para com os mais novos. Ele não pretendera insultar aquele jovem oficial do exército e não conseguia pensar em uma maneira de se desculpar sem incorrer em mais idiotices.

"Bom, então? 'Henry'?"

Era a primeira vez, em seus meses como voluntário no São Bartolomeu, que um dos jovens do Pavilhão Seis perguntava a Henry seu sobrenome, assim como era a primeira vez que um jovem acamado resolvia se voltar para ele e olhá-lo firmemente no rosto como se verdadeiramente *o visse*.

Ah, o efeito daqueles olhos! Injetados, zombeteiros, afundados nas órbitas e, no entanto, úmidos e trêmulos de vida. Envergonhado, Henry murmurou: "'James.' Meu sobrenome é – 'James'."

Scudder colocou a mão em concha sobre seu ouvido devastado, indicando que Henry deveria falar mais alto.

"Meu sobrenome é – 'James'."

Estava dito! Henry foi tomado por uma vergonha estranha e louca. Um rubor profundo surgiu-lhe no rosto, descrito mais de uma vez como escultórico, monumental, suas faces latejando de calor.

"'James.' 'Henry James.' Lembra alguma coisa, não lembra? O senhor tem algo a ver com – jornalismo?"

"Não"

"Política?"

"Com certeza, *não*."

"Não é um membro do Parlamento? Da Casa dos Lordes?"

"Não!" Henry riu como se lhe estivessem fazendo cócegas.

"De qualquer modo, um cavalheiro aposentado. Danado de bom da sua parte, na sua idade, ficar perdendo tempo neste antro."

Henry protestou: "O São Bartolomeu não é um antro – para mim."

"O que é então? O paraíso?"

Henry meneou a cabeça gravemente, não. Ele não contradiria aquele jovem questionador. No entanto, conforme Scudder ria, uma risada rouca que se esmaeceu em um ataque prolongado de tosse brônquica, pensou: *Aqui é o paraíso, Deus permitiu que eu entrasse antes da minha morte.*

No diário de Henry, naquele dia, não uma, mas duas cruzes em tinta vermelha ao lado da inicial S. E, no altar, uma tira de gaze dura, manchada de sangue e muco, na qual o tenente tossira.

"Como você é displicente, Henry querido! Quero dizer, logicamente, em relação à sua saúde."

Sua amiga falava em tom de admoestação. Observava-o com olhos argutos, o velho solteirão das letras, que por muito tempo fora uma espécie de ornamento em sua casa de Belgravia e em sua casa de campo em Surrey, e que agora, desde o último outono, declinava misteriosa e irritantemente seus convites com a mais leviana das desculpas. Henry se limitava a sorrir nervosamente e murmurar mais uma vez o quanto ele lamentava, o quanto aquele programa de voluntariado no hospital consumia todo o seu tempo, lastimava não ver mais seus velhos amigos, mas de fato não havia escolha: "O hospital depende de seus voluntários, sua equipe é muito restrita, principalmente no Pavilhão Seis, onde estão alojados alguns dos feridos mais graves e mutilados. Tenho que fazer o pouco que posso, compreenda. Estou dolorosamente ciente de que meu tempo 'útil' está se esgotando."

"Francamente, Henry! Você fala como se fosse um ancião. Você vai se tornar um ancião se continuar assim" – os belos olhos inquisidores de sua amiga percorreram a sala como se tentassem descobrir, através da espessa parede, o armário trancado, o altar secreto, as preciosas relíquias dispostas sobre o altar – "devoção".

Aqui, a mais sutil das acusações. Porque uma mulher percebe, uma mulher sabe. Não se consegue impedir que uma mulher descubra uma traição. Henry riu. Levantou as mãos enormes, tão estranhamente plebeias, em um gesto de humilde submissão e as pousou novamente em seus joelhos.

"Minha querida, quanto à 'devoção' – temos alguma escolha?"

No Pavilhão Seis, na chuvosa e fria primavera de 1915, estavam o jovem Emory e o jovem Ronald, o jovem Andrew e o jovem Edmund; e havia Scudder, que não queria ser chamado de Arthur.

"'Scudder.' De Norwich."

Henry soube: Scudder fora "severamente ferido" por uma granada, considerado morto como vários de seus homens em um campo de batalha lamacento ao norte do rio Mosa, na Bélgica; e, no entanto, gritando por socorro em meio a um amontoado de cadáveres, por pouco não morrera. Sua perna direita estilhaçada tinha sido amputada na altura do joelho. Sua perna esquerda, crivada de fragmentos da granada, não era de muita serventia. Tinha ferimentos generalizados: cabeça, peito, estômago, virilha, além das pernas e do pé. Quase morrera de septicemia, ainda sofria de uma anemia aguda. Sofria de arritmia e dispneia. Tinha "dores fantasmas" na perna que perdera. Sua pele, cheia de cicatrizes e marcas, ainda trazia uma palidez esverdeada. Seus ouvidos zumbiam e reverberavam, ouvia a "artilharia" à distância. Sua língua estava recoberta por uma espécie de limo viscoso. (Que se tornava de um preto oleoso quando chupava os bastões de alcaçuz que Henry lhe trazia.) Seus ombros eram largos, mas de ossatura fina como asas malformadas. Suas pernas, quando ainda existiam, eram um tanto curtas para o corpo. Ele ainda não tinha vinte e oito anos, mas parecia muito mais velho. Ninguém o visitava ali, não queria ver ninguém. Tinha alguma família em Norwich, até mesmo uma garota em Norwich; tudo acabado, ele se recusava a falar sobre o assunto. Não queria que o capelão do hospital rezasse por ele. Grosseiramente, interrompia a leitura de Henry do *Times* de Londres; como estava enjoado das notícias sobre a guerra! Interrompia a leitura de Henry de um de seus finos livros de poesia, extremamente enjoado dos poemas. Não queria se "recuperar" – desprezava essa "recuperação". Seus dentes nunca haviam sido bons e agora apodreciam em seus maxilares. Não conseguia ter qualquer sensação nos dedos de seu inútil pé esquerdo. Afirmava que seus ferimentos mais obscuros produziam larvas. Ali no São Bart ele era esfregado de cima a baixo, mas ali também havia moscas: "Umas putas grandes e gordas, loucas para botar seus ovos". Ele ria exibindo dentes raivosos. Ria sem alegria, como se estivesse latindo. Quanto mais forte era a sua risada, mais ela poderia se transformar em um ataque de tosse. Esses ataques violentos, esses acessos, poderiam provocar hemorragia. Esses ataques poderiam provocar parada cardíaca. Ele se sentia humilhado, sangrando eternamente através dos curativos de gaze, "vazando". Seu maldito toco de perna "vazava". Sua virilha também tinha sido "bagunçada". Detestava que o velho senhor voluntário limpasse o seu rosto tão prontamente como se ele fosse um bebê, limpasse seus ferimentos que purgavam sangue e pus e que o empurrasse na maldita e informe cadeira de rodas como um bebê em seu carrinho, até mesmo lá fora nas vielas de cascalho enlameadas, até mesmo nos dias frios.

"Deviam ter me deixado lá, no barro. Deviam ter atirado entre os meus olhos, berrando como um maldito bezerro."

"Caro rapaz, não. Você não deve dizer essas coisas."

"Não devo? Quem deve dizê-las, então? *O senhor?*"

Era uma tarde gélida de abril. Narcisos e vívidas tulipas vermelhas, açoitados pela chuva, jaziam quebrados pelo chão em uma confusão de folhas verdes. O jardim do hospital estava quase deserto. Havia um acentuado e delicioso perfume de grama, de terra molhada. A pesada cadeira de rodas empacou no cascalho, os aros com bordas de borracha travaram. Henry empurrou a geringonça com o coração aos pulos, enquanto Scudder chutava e ria com menosprezo. O momento era tão doloroso, tão subitamente revelador da desesperança, que Henry foi acometido por uma estranha elevação, dessas que um homem pode sentir ao saltar impulsivamente de uma grande altura em direção ao mar para afundar ou nadar; para se afogar ou emergir em triunfo. Henry se ajoelhou no cascalho lamacento, em frente ao atormentado homem da cadeira de rodas e tentando desajeitadamente abraçá-lo murmurou: "Você não deve se desesperar! Amo você! Morreria por você! Se pudesse lhe dar a minha – minha vida! Minha perna! O que resta da minha alma! O dinheiro que eu tiver, meus bens". Perdido em adoração, mal percebendo o que fazia, Henry pressionou sua ansiosa boca contra o toco da perna mutilada de Scudder, que estava úmido e morno, enrolado em gaze, porque o ferimento em carne viva se recuperava lentamente. Imediatamente, Scudder se enrijeceu contra ele, mas não o empurrou; para espanto de Henry, sentiu a mão do outro hesitando contra sua nuca carnuda, não em uma carícia, não tão decidida nem tão íntima como uma carícia, mas ainda assim não hostil.

No frio jardim ensopado atrás do Hospital São Bartolomeu, em abril de 1915, Henry se ajoelhou em frente a seu amado em um transe de êxtase, sua alma tão apagada, tão desligada do corpo, que não conseguiria dizer nem seu próprio nome ilustre.

"Sr. James!"
Com ar de culpa, ele começou: "Pois não?".
"O senhor precisa me acompanhar."
"Mas estou voltando com o tenente Scudder para –"
"Um atendente pode se encarregar disto, sr. James. Precisam do senhor em outro lugar."
Sem cerimônia, Scudder, na pesada cadeira de rodas, foi retirado das mãos do mestre e empurrado pelo corredor em direção ao Pavilhão Seis. Com olhos ansiosos, Henry procurou acompanhá-lo, mas viu apenas as largas costas curvas do atendente e um movimento das rodas recobertas de borracha; Scudder também não olhou para trás. Em uma voz rouca, Henry gritou: "Até logo, tenente! Eu o vejo – espero – amanhã".

Tenente. Embora Scudder tivesse proibido Henry de chamá-lo pela sua patente, Henry não conseguiu resistir na presença da enfermeira Edwards. Sentia um orgulho peculiar pelo fato de que seu jovem amigo fosse um tenente do exército britânico e especulava se, em segredo, Scudder também não teria certo orgulho nisso.

"O senhor é muito chegado ao tenente, sr. James. Terá esquecido meu aviso para não se ligar aos jovens do Pavilhão Seis?"

Era verdade; há muito Henry esquecera o conselho da enfermeira Edwards. Ele era o único remanescente do grupo original de voluntários, do qual todo o resto era composto por mulheres; à medida que elas iam desistindo, alegando cansaço, melancolia, problemas de saúde em si mesmas, surgiam novos voluntários no Pavilhão Seis, bem como novos feridos eram continuamente admitidos ali.

Nenhuma cama permanecia vaga por mais de poucas horas, até mesmo camas nas quais homens haviam morrido de hemorragia, porque o espaço era um privilégio.

Henry murmurou um pedido de desculpas insincero. Seus lábios se contraíram; como um garoto insolente, ele tinha muita vontade de cair na risada na frente da mulher, cujo rosto parecia quase brilhar para ele como se tivesse sido lustrado com um pano grosseiro.

"Muito bem, senhor. Precisa me acompanhar."

Andando apressadamente na frente, a enfermeira Edwards conduziu Henry para uma alcova sombria, várias portas depois da entrada do Pavilhão Seis, e para dentro de um quarto pequeno, superaquecido. "Para dentro, senhor. Vou fechar a porta."

Henry deu uma olhada, desconfortável. Seria aquele o gabinete da enfermeira-chefe? Uma pequena escrivaninha de bordo estava perfeitamente arrumada com documentos e havia um grande arquivo de aspecto bem gasto; havia também uma poltrona bem acolchoada e uma otomana; um abajur com uma cúpula de franja pesada; na parede, emoldurado, algo que lembrava a rainha Vitória e no chão um carpete de um horrível estampado floral, do tipo que poderia ser encontrado na quitinete de alguma "requintada" mulher miserável. Quando Henry se voltou, com um ar de educado espanto, viu a enfermeira Edwards levantar o braço: em sua mão havia uma varinha, talvez com um metro de comprimento. Antes que Henry pudesse recuar, ela o golpeou várias vezes numa sucessão rápida nos ombros, na cabeça, em seus braços levantados conforme ele tentava se proteger contra os repentinos golpes. "De joelhos, senhor! Seus joelhos estão enlameados, estão? E qual o motivo, senhor? Suas calças de cavalheiro, por que estão sujas de barro, senhor? Por quê?"

Henry choramingou em protesto. Henry caiu de joelhos no carpete estampado de flores. Henry tentou debilmente se proteger contra os golpes da enfermeira Edwards sem, no entanto, conseguir evitá-los; com a cabeça abaixada, estremecendo, o rosto vermelho de culpa, ele, que nunca tinha sido castigado enquanto criança, nem mesmo repreendido severamente por seu distinto pai, por sua discreta mãe ou por qualquer tutor ou pessoa mais velha. Até que, finalmente, cansada pelo esforço, a enfermeira Edwards soltou a vara no chão, arfando em tom de desgosto: "Fora daqui, senhor. Rápido!".

Como um homem em transe, o Mestre obedeceu.

5

Na *bay window* de sua casa de pedra de Londres, de onde se vislumbrava à distância o Tâmisa envolvido em nevoeiro, o Mestre jazia prostrado no desconfortável divã de couro em uma espécie de estupor. Quanto tempo estivera deitado ali, febril e confuso? Teria ele tomado um táxi para casa – onde? Na estação de trem? No Hospital São Bartolomeu? Seu braço esquerdo latejava do ombro até o pulso. E que calor ele sentia! Teve que abrir o colarinho duramente engomado de sua camisa. Sua governante, a sra. Erksine, tinha sido instada pelo motorista de táxi a ajudar seu confuso patrão a subir os degraus de pedra da casa, mas isto acontecera há várias horas e Henry estava abençoadamente sozinho agora; e podia pegar seu diário para registrar, neste dia tumultuado, duas pequenas cruzes vermelhas ligadas à inicial S; e podia escrever, com a mão trêmula, mas excitada *Esta solidão! – o que ela é senão o que há de mais profundo em uma pessoa? De qualquer modo, o mais profundo em mim do que qualquer outra coisa: mais profundo do que a minha "genialidade", mais profundo do que a minha "disciplina", mais profundo do que o meu orgulho, acima de tudo, mais profundo do que a profunda frustração da arte.*

Os inexpressivos olhos de pedra se arregalaram: "Veja só, o senhor está de volta conosco".

Mais uma vez, o idoso senhor voluntário surpreendera a enfermeira-chefe Edwards. Murmurou um sim em tom respeitoso, com um ligeiro sorriso solene: "Como vê, enfermeira Edwards, me dirijo à senhora para ser 'útil'".

"Muito bem, então. Venha comigo."

Pelo que parecia, o Mestre não tinha escolha. A não ser apenas a de ficar fora do Hospital São Bartolomeu, o que era impensável.

Para que lhe fosse permitida a volta ao Pavilhão Seis, o voluntário sr. James teria que demonstrar, como disse a enfermeira Edwards, sua "boa fé" como um funcionário do hospital. O que era preciso, naquele tempo de crise com um número de feridos muito maior do que o previsto pelo governo e uma equipe severamente reduzida, não era poesia ou bons sentimentos, mas *trabalho*. O sr. James teria que realizar tarefas não esperadas das senhoras voluntárias; teria que se revelar um verdadeiro funcionário do hospital, um ajudante prestimoso para qualquer membro da equipe médica, inclusive enfermeiras e atendentes que precisassem dele. "O senhor não vai poder recusar nenhuma tarefa, sr. James. Não poderá se mostrar relutante em 'sujar suas mãos' ou será mandado embora do São Bartolomeu." Assim, com um ar estoico, o idoso voluntário recebeu um volumoso avental para colocar sobre seu terno bem cortado de sarja e passou o resto daquele dia ajudando os atendentes, enquanto empurravam carrinhos de refeições de pavilhão em pavilhão retirando depois refeições não comidas e pratos sujos. Na quente e malcheirosa cozinha onde os carrinhos eram esvaziados, onde o lixo recendia e baratas de carapaças negras corriam por todas as superfícies, Henry quase foi vencido pela náusea e pela vertigem, mas conseguiu se reanimar e não sucumbir, completando suas obrigações. No dia seguinte, ajudou os atendentes que empurravam carrinhos com roupas de cama, de pavilhão em pavilhão, entregando roupas limpas e levando as sujas, às vezes muito sujas, para deixá-las na quente e malcheirosa lavanderia do hospital, em uma parte inferior do vasto prédio. "Senhor, vai precisar de luvas. Ah, senhor! Vai ter que enrolar suas mangas." As lavadeiras do hospital riam do idoso voluntário colocado à frente de uma fumegante tina de água ensaboada, mexendo, muito atrapalhado, com um bastão de madeira, quase caindo dentro da tina, lençóis imundos em um amontoado tão denso e rígido como, de acordo com seu cérebro fantasista, a eminente prosa do Mestre. *Siga apenas o movimento da vida que nos mantém conectado com ela – quero dizer, com a vida imediata e aparente, por trás da qual, continuamente, o mais profundo, o mais sombrio e velado, onde as coisas realmente acontecem para nós, aprende, sob aquela assepsia, a ficar no seu lugar* e que firmeza nessa decisão! Que alegria! Ele a levaria consigo, secreta e escondida como os comprimidos de nitroglicerina no bolso do paletó, ao longo das tarefas sob a supervisão da enfermeira-chefe Edwards e não seria derrotado. No dia seguinte, o idoso voluntário, que nunca na vida manejara qualquer "implemento de limpeza" doméstica, recebeu a incumbência de varrer o chão com uma vassoura e de usá-la para retirar teias, algumas imensas, nas quais gigantescas aranhas ficavam tocaiadas como malvadas insensíveis e moscas enlouquecidas caíam prisioneiras. Depois disto, Henry teve que esfregar chãos imundos com as manchas mais repulsivas: vômito, sangue, resíduos humanos. E mais uma vez, embora o Mestre cambaleasse de exaustão, não sucumbiu ao vômito ou ao desmaio; sorriu ao pensar que, com certeza, seus colegas de trabalho relatariam à enfermeira-chefe Edwards que ele completara suas tarefas do dia, pensando com desafio infantil *A mulher está me testando, não vou falhar no teste. A mulher quer me humilhar, serei humilde.* Ao sair do hospital no começo da noite, Henry não resistiu e parou na entrada do Pavilhão Seis para espiar ansiosamente o catre de seu jovem amigo, na extremidade do quarto, mas não conseguiu saber se Scudder estava ali ou – seria Scudder em uma cadeira de rodas? – mas se foi rapidamente, antes que alguém da equipe o reconhecesse e fosse denunciá-lo à enfermeira-chefe Edwards.

Na manhã seguinte, embora acordasse com uma esperançosa premonição de que o exílio poderia ter chegado ao fim e lhe seria permitido voltar ao Pavilhão Seis, Henry foi incumbido da tarefa mais desafiante de todas: banhar os pacientes acamados. Não seriam os atraentes jovens do Pavilhão Seis, mas pacientes de outras alas do hospital, a maioria mais velha e muitos deles obesos. Estavam gravemente doentes, desfigurados, senis, babando, vazando sangue de orifícios, comatosos, dados a imprevisíveis ataques de raiva. Seus corpos estavam cobertos de escaras e tinham um cheiro rançoso e putrefato. Nenhuma incumbência deprimira Henry mais do que essa, enchendo-o de repulsa quando, fervorosamente, ele desejara sentir empatia ou piedade. Não conseguia entender como alguém podia realizar esse trabalho dias seguidos, como a equipe de enfermagem fazia, com vigor e eficiência, aparentemente sem reclamar. "Nossa, senhor! Está se tornando muito prestativo!" – diziam as jovens enfermeiras elogiando seu idoso assistente ou provocando-o. Henry enrubescia de prazer com a atenção. Era seu dever retirar baldes de água suja ensaboada e jogá-la em uma vala aberta perto das latrinas onde se acumulava toda espécie de sujeira: lixo, grumos de cabelos, excrementos humanos boiando, baratas. (Por toda parte, no hospital, corriam essas baratas brilhantes de carapaças duras, ubíquas como moscas.) Quando Henry voltou para o posto de enfermagem, lá estava a enfermeira-chefe Edwards, olhando-o com olhos friamente perscrutadores que emitiam aprovação – uma aprovação de má vontade, mas de qualquer modo uma aprovação. "Senhor James, meu pessoal tem me dito que o senhor não recusou nenhuma tarefa, realizando a maioria delas com muita eficiência. Esta é uma notícia muito boa."

Em um murmúrio educado, Henry agradeceu.

"No entanto, o senhor é americano, sr. James, não é? E não um de *nós*."

Henry ficou abalado e quieto, como se estivesse sendo acusado.

No dia seguinte, ele se viu adequadamente punido; foi incumbido da tarefa mais degradante e repulsiva do hospital, ainda mais repugnante do que banhar os corpos dos pacientes ou levar embora seus corpos já sem vida: o serviço de latrina.

Em seu avental agora endurecido pela sujeira, Henry foi recrutado para ajudar na coleta dos urinóis dos pavilhões, frequentemente repletos de conteúdos indizíveis que batiam em suas tampas de porcelana, e colocá-los em um carrinho oscilante que seria empurrado até as latrinas. Ele deveria ajudar um indivíduo curvado, deformado, que exalava um ar de hostilidade em relação ao senhor voluntário e que evitava elogiá-lo como as enfermeiras faziam. Quando a mão de Henry tremia e dejetos malcheirosos caíam no chão, era sua responsabilidade limpá-lo imediatamente: "Sua função, camarada!". Henry era acometido seguidamente por náusea ou vertigem, inclinando-se em direção ao carrinho, levando o atendente a repreendê-lo asperamente. Além do medo de desmaiar no trabalho, Henry preocupava-se com o fato de que o atendente fosse denunciá-lo à enfermeira Edwards e nunca mais lhe fosse permitida a volta ao Pavilhão Seis. Os urinóis tinham que ser esvaziados em latrinas, na ala subterrânea do hospital, um labirinto de corredores no qual era possível vagar perdido durante longo tempo. Ao longo daquele dia sem fim, Henry foi levado a pensar *Em toda a prosa do Mestre, nenhum urinol*. Nenhum excremento de qualquer espécie nem os odores de excremento. Brandindo uma escova de cabo longo para esfregar os urinóis vazios e deixá-los limpos, tentando não inalar os vapores de um desinfetante branco como giz, Henry oscilou, desmoronou, quase caindo de joelhos. Com uma frequência cada vez maior naquele dia, a aguda dor de angina o atormentava porque, vestindo avental, ele não conseguia recorrer prontamente ao bolso de seu paletó para pegar os comprimidos de nitroglicerina.

"Ei, camarada! Você agora precisa de ar fresco, não é?"

Henry devia estar com uma aparência muito doentia porque agora o atendente pigmeu parecia ter se apiedado dele. Com uma mão áspera, impeliu Henry na direção de uma porta, enquanto este protestava debilmente: "Não, tenho que ir ao" – teve dificuldades para se lembrar – "Pavilhão Seis. Vou levar um jovem soldado para casa, para viver comigo, onde terá assistência em tempo integral."

O atendente assobiou por entre os dentes. Para Henry era impossível avaliar se o homem caçoava dele ou realmente o admirava.

"'Aleijados e mutilados' – é isto? Pavilhão Seis? Tremenda bondade sua, camarada."

Henry protestou: "Eles não são todos 'aleijados e mutilados'. Alguns deles – poucos deles – poderão voltar a ficar bons e saudáveis. Não sou um homem rico, mas –"

"Camarada, você está fazendo algo superior aqui. Até que enfim."

O homem falou *superior, até que enfim* com uma estranha ênfase melancólica que Henry não conseguiu compreender porque uma sensação luminosa parecia ter invadido seu cérebro exaurido como reflexos de raios muito próximos, mas sem que produzissem som. Henry murmurou agradecido: "É, espero – espero que seja". Henry se desequilibrou e teria caído se não fosse pelo homem, que agarrou sua mão com firmeza, com sua mão recurvada, mantendo-o ereto.

28 de julho de 1915. O sr. Henry James, setenta e dois anos, homem de letras aclamado internacionalmente, renunciou a seu passaporte americano e fez o juramento de lealdade ao rei George V, para se tornar, após décadas residindo em Londres, um cidadão britânico. O sr. James tem sido um fiel colaborador do Corpo de Voluntários do Hospital São Bartolomeu desde o último mês de outubro.

O rumor cruel era o de que uma amputação de emergência tivera que ser feita no Pavilhão Seis. Um dos soldados amputados, cuja perna "boa" começara a gangrenar por problemas circulatórios. Na soleira do pavilhão, o idoso voluntário hesitava; no outro extremo do pavilhão havia um biombo de cortina branca, ocultando o que acontecia do outro lado, e seus olhos, aqueles olhos lacrimosos, não tinham força suficiente para determinar qual cama o biombo escondia. E como o longo pavilhão estava abarrotado, quão desanimador era aquele espetáculo, quão repelentes os seus odores! Havia um incessante zumbido de moscas e uma mistura de lamentos e gemidos e gritos dos feridos, muito desalentadores! Agora fora concedida ao Mestre licença para voltar ao Pavilhão Seis e ele estava ansioso para retomar seus trabalhos; ansioso para rever seu jovem amigo Scudder, a quem não via há mais de uma semana. Contudo, hesitava na soleira do pavilhão por estar vendo rostos que lhe pareciam desconhecidos; o pavilhão parecia ser maior do que ele se lembrava e mais congestionado. Preparou-se para essa visita, Henry havia trazido mais presentes do que o normal e mimos especiais para Scudder. Debatera consigo próprio se deveria mostrar ao jovem tenente o artigo do *Times* de Londres porque Scudder ficaria surpreso ao saber que seu devotado amigo-voluntário Henry James era um "aclamado" – e ainda mais, "internacionalmente aclamado" – homem de letras; e o que era pior, que Henry tinha setenta e dois anos porque com certeza Scudder o teria imaginado pelo menos uma década mais novo. Uma mulher vestida de branco puxou a manga de Henry perguntando: "Senhor, não está se sentindo bem?", mesmo quando Henry recuou prudentemente, gaguejando: "Desculpe-me – não posso – ainda não – Até logo –"

6

Aquilo não poderia ser chamado de *leito de morte,* porque não era um *leito.*

Não um leito, mas um divã de couro dando para o Tâmisa. E não uma morte, mas uma viagem marítima que o Mestre arranjara para seu jovem amigo, o tenente, e para si próprio. A Grande Guerra terminara, os oceanos estavam novamente liberados. No divã de couro junto à *bay window* com vista para o rio, ele estava inundado de ansiedade infantil e também de muita alegria; seu coração quase não podia suportar a tensão, a não ser que o jovem tenente se mantivesse a seu lado e guiasse sua mão, que se movia como se escrevesse apenas com os dedos; como se seus lábios, bastante ressecados, formassem palavras, ele parecia estar falando, embora não de maneira audível; e algumas vezes, para perplexidade de seus observadores, cujos rostos ele não conseguia identificar, o Mestre pedia papel e caneta, em sua velha e firme voz, e seus óculos, para que pudesse ler o que tinha escrito, uma vez que ninguém, a não ser ele próprio e seu jovem amigo tenente, conseguia decifrar suas garatujas. Sua cabeça bem abobadada e quase careca era majestosa como um busto romano. Os ossos fortes e determinados de seu rosto forçavam a pele de pergaminho. Os profundos olhos pensativos, algumas vezes, se mostravam absortos em divagação, no entanto, outras, pareciam vivos de curiosidade e admiração: "Onde desembarcaremos esta noite, tenente? Você foi tão criativo preparando essas surpresas!".

Acontecia o seguinte: o jovem tenente de Manchester, filho de um comerciante, estava plenamente no comando. Caminhava agora com muita destreza com uma das bengalas do Mestre, arranjando-se com sua perna "boa" (salva da amputação pelo cirurgião-chefe do São Bartolomeu) e com sua "perna de pau" (a custosa prótese que lhe fora comprada por Henry).

Em uma acalentadora brisa cálida, eles estavam apoiados no parapeito do deque de um navio. Henry considerava de um encanto bastante inusitado que o vasto oceano, que deveria ser o Atlântico, estivesse amistosamente repleto de pequenas embarcações, até mesmo de veleiros, como o Tâmisa em um agradável domingo em tempos de paz. E agora Henry se acomodava em sua espreguiçadeira com seu jovem amigo envolvendo-lhe as pernas com um cobertor. Planejavam desembarcar apenas nos portos estrangeiros mais exóticos. Viajariam incógnitos. Henry continuaria a ler para seu jovem amigo os versos de Walt Whitman de indescritível beleza. Agora eles se esticavam na proa de uma embarcação menor, talvez uma balsa grega. A funesta fumaça negra que saía da descorada chaminé tinha um ar de fumaça grega. Porque lá estava a inconfundível cor de água-marinha do Mediterrâneo. Contra um céu sem nuvens, flutuavam bandeiras gregas. *Oh, Senhor!* Uma voz estridente e desagradável interveio: uma jovem estranha, vestida com uniforme de enfermeira debruçava-se sobre Henry no divã com comprimidos em um pratinho para que ele engolisse. Educadamente, ele havia tentado ignorar aquela estranha grosseira; agora, com um olhar exasperado para o tenente, engoliu o primeiro comprimido com um pouco de água morna, mas o segundo entalou como giz em sua garganta, e, ah, ele começou a tossir, o que era perigoso, os ossos frágeis de uma caixa torácica idosa podem trincar no paroxismo da tosse, o coração pode ficar sobrecarregado. No entanto, repentinamente o Mestre ficou bastante furioso, perguntando o motivo de eles terem sido trazidos de volta para a sorumbática Londres, quando estavam tão felizes em seu idílio mediterrâneo! E que lugar exatamente era aquele? Quem eram aquelas pessoas que não tinham sido convidadas? O travesseiro de penas de ganso atrás de suas costas estava desconfortável. Nunca gostara daquele maldito divã, há muito era uma das peças de mobiliário que apenas faziam parte da casa como se estivessem enraizadas no chão. Na verdade, Henry preferia viajar na proa do navio onde, mesmo que houvesse desconforto, pelo menos havia aventura. *O senhor é muito teimoso, não é?* Em vez da estranha garota enfermeira, havia uma mulher mais velha, mais corpulenta, que trazia à cabeça uma extraordinária touca engomada e vestia um uniforme formal de enfermeira como se fosse um uniforme militar. *Eu avisei o senhor, mas o senhor nunca ouve, não é mesmo?* Contudo, ali havia um tom de aprovação, até mesmo de admiração, como se fosse entre iguais. Para seu alívio, o Mestre viu que agora deveria ser um tempo anterior; aquela coisa casual que acontecera, tão parecida com um feixe de raio que entra no seu cérebro, ainda não ocorrera. Escreveria sobre isso em seu diário e depois poderia ter uma compreensão total do assunto. Porque não há mistério que, colocado no diário, no código secreto do Mestre, escape à sua compreensão. Falando com esforço, como em sua antiga vida, explicou para a mulher: "Veja, preciso 'doar' sangue. Porque isto é tudo que posso doar". A mulher franziu o sobrolho com hesitação, como se tal sangue velho pudesse não merecer a sua agulha, mas o Mestre a convenceu porque, quando queria, podia ser muito persuasivo. Assim, foi instruído para que se deitasse, ficasse muito quieto, estendesse o braço, enquanto a mulher, de um branco tênue, se aproximou e em suas mãos havia um dispositivo com agulha "hipodérmica" para furar a pele e retirar sangue. O Mestre fechou seus olhos trêmulos como se desmaiasse. Estava com muito medo. No entanto, não estava com medo, mas corajoso: "Eu vou. Preciso. Meu sangue é meu para ser dado para –". O nome do jovem lhe ocorreria em breve. De qual dos jovens feridos, cujo sangue estava intoxicado, seu sangue restauraria a saúde. "Ah!" Henry se preparou quando uma sombra branca deslizou sobre ele e a afiada agulha penetrou na macia e cansada carne da dobra do seu cotovelo. Rapidamente a mulher tirou sangue da veia frágil do Mestre, ligando, com mãos capazes, à pequena ferida um fino tubo para que o sangue continuasse a jorrar em um recipiente em forma de saco, de maneira muito engenhosa. Um torpor confortável como se fosse uma escura maré sobreveio a Henry, ao se estender na espreguiçadeira no deque do misterioso navio com um cobertor preso sobre suas pernas. Aquele dia, aqueles muitos dias, seriam assinalados com uma cruz em tinta vermelha: ele se sentia imensamente feliz. O jovem tenente, cujo rosto cicatrizado e marcado agora estava corado de renovada força, parou aos pés da espreguiçadeira estendendo sua mão: "Henry! Venha comigo".

Papa em Ketchum, 1961

• ERNEST HEMINGWAY •
1899-1961

Ele queria morrer. Carregou a espingarda. Os dois canos. Aquilo tinha de ser uma piada, ele carregou os dois canos. Era um homem com senso de humor. Um gozador. Não se podia confiar em tal homem, um coringa no baralho. Ele riu. Apesar de suas mãos tremerem e aquilo ser humilhante. Sua cabeça estava novamente cheia de pus. Tinha de ser limpa. Sua cabeça estava purgando. E era possível sentir o cheiro: pus esverdeado. Seu cérebro estava inflamado, inchado. Foi furtivo. Movia-se em silêncio, descalço nas escadas. Tinha que ser de manhã cedo. Saíra da cama para o andar de baixo. A mulher pensaria que tinha ido ao banheiro. Achou a chave no parapeito da janela da cozinha. Agora ele tinha a espingarda. Estava se esforçando para firmá-la. Aquela era a espingarda nova e era pesada. Tinha medo de deixá-la cair. Medo de ser descoberto. Quando dirigiu até a cidade, apenas até a loja de bebidas, foi visto. As placas de sua picape foram vistas. Na tal loja, uma câmera escondida o fotografou. Comprou a nova espingarda em Sun Valley. O vendedor o reconheceu. Disse que era uma honra e apertou-lhe a mão. A arma era uma espingarda inglesa, calibre 12, de dois canos, com acabamento em níquel acetinado e cabo de bordo. Lamentava aviltar a nova espingarda. Desajeitadamente, posicionou a boca da arma sob seu queixo. Ali, a pele de sua garganta estava flácida e fios de barba cresciam em tufos irregulares como as cerdas de um porco-espinho. Com o dedão do pé nu, foi em busca do gatilho. Seus dedos do pé não tremiam ou estremeciam como os da mão, mas as unhas estavam muito descoradas e grossas. Sob elas havia sangue coagulado. Seus pés e tornozelos estavam inchados de edema. Rezava "Maldito seja, Deus me ajude". Você não acreditava em Deus, mas rezar era uma boa tentativa. Estava decidido a fazer um serviço limpo e definitivo porque mesmo um coringa não tem uma segunda chance. Deus era o coringa do baralho, logicamente. Você teria que acalmá-lo para realizar o serviço com perfeição. Isso significaria estourar completamente o cérebro de uma vez. Temia que restassem pedaços de alma em alguma área do cérebro que não explodisse ou que a base dele continuasse a funcionar; lá estaria Papa, em algum hospital, em seu pijama fedendo a mijo, gaguejando seus A-B-Cs a partir de um dedal de cérebro que restou intacto em alguma parte do crânio emendado como louça quebrada, onde conseguiram traçar um desvio. E a TV divulgaria isso com uma voz ao fundo entoando O *salário do pecado é a morte em vida*. Quantas noites de insônia aqui em Ketchum e no hospital de Minnesota; seus dentes rangeram por causa desse medo. Temia que se apiedassem dele, assim como temia que rissem dele. Temia que estranhos tocassem sua cabeça, arrumassem seu cabelo. Porque seu cabelo já não era volumoso, dava para ver o couro cabeludo cheio de saliências. Se era para destruir a cabeça, tinha que ser por inteiro. Ele não era completamente sincero a respeito de alguns desses medos, contudo não dava para saber, até mesmo o esperto Pascal não poderia saber. Se for para apostar, faça-o de um jeito que seja impossível perder. Achava que isso deveria ser um princípio. Sentia seu corpo estranho, desajeitado e descoordenado. Às vezes, acreditava ter acordado no velho corpo de seu pai, que quando criança ele desdenhara. É terrível acordar no velho corpo de seu pai se você o desdenhou quando menino. Há algo de muito cruel nessa brincadeira, mas ao mesmo tempo ela é justa. Agora ele estava tendo dificuldade em firmar a espingarda porque suas mãos tremiam. O acabamento em níquel acetinado estava úmido de suor de suas mãos. Havia um inconfundível cheiro de suor no metal da arma. Não era um cheiro agradável. Lembrou-se que, sim, as mãos de seu pai também tremiam. Quando menino ele observara isso. Quando menino, desprezara tal fraqueza. No entanto, seu pai tinha conseguido firmar a arma e se matar com uma única bala na cabeça. Era preciso conceder isso ao velho, além do desprezo. Seu pai usara uma pistola, o que é muito mais arriscado. Uma espingarda, usada com destreza, não é arriscado. Uma espingarda é uma aposta que não se perde. Apesar de que, se ele conseguisse ver seu pé nu, se sentiria mais confiante. Se pudesse ver seu dedão à mostra. Na posição em que estava, com a boca da arma sob seu queixo barbado, não podia ver a espingarda de jeito nenhum nem o chão. Um tiro em falso seria uma tragédia. Um tiro em falso alertaria a mulher. Um tiro em falso traria uma ambulância, equipe médica, contenção forçada e uma volta para o hospital, onde dariam choques e fritariam seu cérebro, cauterizariam seu pênis, que já estava vazando urina e sangue. Aquela brincadeira fora longe demais. Reposicionou os canos, agora contra sua testa. Tateou procurando o gatilho com seu dedão nu. Tentou exercer pressão, mas algo estava atrapalhando. Seus olhos estavam abertos e atentos. Moviam-se freneticamente como os olhos multifacetados de uma mosca, mas sua visão estava enevoada como se estivesse olhando através de uma neblina. Ele não podia estar totalmente seguro se, de fato, estava olhando através da neblina, se recuperando de um ferimento na cabeça, depois do acidente. Poderia ter sido a queda do avião ou o outro. Olhava para uma janela e ela estava salpicada de chuva. Estava em um lugar montanhoso, em Idaho. Reconheceu o interior. Percebeu que ali havia um cheiro de pinheiro, um cheiro de fumaça de madeira. Viera morrer em Idaho. Você gostava de Ketchum porque aqui não havia ninguém. Em Sun Valley sim, mas não aqui. Desta vez ele não partiria. Se a mulher tentasse interferir, ele apontaria a arma para ela. Ele a derrubaria com um simples tiro. A mulher ruiria em meio a um grito. Desmoronaria no chão sem palavras e sangraria como qualquer animal agonizante. Depois, ele voltaria a espingarda para si mesmo. Ficou excitado imaginando aquilo. Suas mãos tremeram antecipadamente. Sua vida mais verdadeira era tal segredo e fantasia! A vida mais verdadeira sempre tem que ser escondida. Desde menino ele sabia disso. Quando homem ele soubera disso em meio a rodadas de bebidas, festas, hóspedes, bancando o Papa-bufão que todos amavam. Soubera disto deitado com problemas no intestino e com insônia nos lençóis recendendo a suor. *Você sempre está só, assim como um homem com sua arma está só, sem precisar de mais ninguém.* Era uma imagem erótica além do sexo: aquela explosão de chumbo na cavidade craniana, poderosa como a detonação de uma granada de mão. Jesus! Isso seria agradável! O que restara de sua vida estava reprimido nele como sêmen coagulado em seu escroto e em seu baixo ventre. Reprimido, transformando-se em pus. Ele explodiria o pus esverdeado. Seus miolos doentes escorreriam pela parede revestida de carvalho. Pequenos fragmentos de crânio e tecido engastados no teto das traves de carvalho. Ele riu. Exibiu seus dentes num largo sorriso-Papa. A explosão foi ensurdecedora, mas ele fora além do ponto de ouvi-la.

Para chegar a Ketchum, você dirigiu para o norte vindo de Twin Falls. Dirigiu para o norte, pela Rota 75, através de Shoshone Falls e depois pelas Mammoth Caves e pelas Shoshone Ice Caves. Além de Magic City, Bellvue, Hailey e Triumph. Você dirigiu pelo contraforte da cordilheira Sawtooth. Nessa cordilheira estava o Castle Peak, a quase quatro mil metros. Lá estava o monte Greyrock, pouco visível nos dias enevoados. E o Rainbow Peak. Não distante de sua espraiada propriedade, achava-se a cordilheira Lost River. Havia alguns povoados, como Rocky Bar, Featherville, Blizzard, Chilly, Corral, Yellow Pine, Salmon River, Warm Lake, Crouch, Garden Valley.

E havia Black Canyon Dam, Mud Lake, Horseshoe Bend, Sunbeam, Mountain Home e Bonanza. Havia o Salmon River e o Lost River. Também havia o Big Lost River. As cidades eram Little Falls, Butte City, Boise. Nas manhãs em que a inspiração não lhe acorria, ele dizia o nome desses lugares em voz alta e devagar, como se os sons fossem uma poesia misteriosa ou uma prece. Estudava mapas locais, alguns datados da década de 1890. Nada lhe dava maior prazer.

As manhãs em que a inspiração não surge são compridas.
Você não desiste até no mínimo uma da tarde.
Da janela de seu escritório no segundo andar, defronte às montanhas Sawtooth, ele olhava um jovem veado na entrada do bosque que tinha um comportamento estranho. Observou o animal por alguns minutos. Como um bêbado, o veado tropeçava em uma direção, depois mudava o rumo abruptamente e tropeçava novamente. Estava a cerca de trinta metros da casa. Não conseguia trabalhar com tal distração à vista. Não podia esperar conseguir se concentrar. Desceu. A mulher tinha ido de carro até Little Falls, ninguém o procuraria. Seu corpo estava aquecido, não havia necessidade de um casaco, mas colocou um chapéu na cabeça porque seus cabelos estavam escasseando, deixando o couro cabeludo sensível ao frio. Não pegou suas luvas, o que foi um erro, mas lá fora, à medida que se aproximou do jovem veado no limite da clareira, não quis voltar para trás. Chamou suavemente a assustada criatura, da maneira que se fala com um cavalo, para acalmá-lo. Aproximou-se do animal cautelosamente. Sua respiração emitia fumaça. Seus pés (estava usando chinelos com meias de lã; esquecera-se e saíra apressado sem botas) atravessavam uma crosta seca de neve no declive coberto de grama. O veado era muito jovem. Seu corpo não tinha a musculatura densa dos veados mais velhos e seus chifres eram miniaturas recobertas de lanugem aveludada. Quando ele estava a cerca de

cinco metros do animal que se debatia, viu que este tinha prendido os pequenos chifres em um doloroso pedaço de arame farpado. O arame havia perfurado a cabeça do animal e seu pescoço esguio. O sangue brilhava em sua pelagem parda de inverno e espirrara na neve calcada. O veado balançava a cabeça violentamente, tentando se livrar do arame que parecia estar penetrando em sua carne ainda mais profundamente. Seus olhos mostraram o branco acima da borda da íris e um líquido espumoso brilhou em seu focinho. Arquejava ruidosamente, resfolegando e batendo os pés no chão. Ele sabia: nunca se deve chegar perto de um veado adulto ou mesmo de uma corça porque seus cascos são afiados e ideais para sapatear sobre um adversário até a morte, caso esse adversário faça a asneira de ser levado ao chão. Uma vez caído, é muito provável que ele não mais se levante. Os dentes de um veado também são tão afiados como os de um cavalo. No entanto, ele continuou a se aproximar do jovem animal estendendo sua mão, fazendo um estalido ritmado com a boca, com a intenção de impor calma. Porque ele não podia suportar a ideia de virar as costas para a maravilhosa criatura que se debatia, sangrava e estava aterrorizada, arriscando-se a morrer de choque. Era de cortar o coração ver, a pouca distância, parcialmente escondido pelas árvores, um grupo miserável de veados, alguns com as costelas aparecendo através de sua rude pelagem de inverno, olhando o jovem veado em apuros. O mais próximo deles era uma fêmea adulta, muito provavelmente a mãe. Cuidadosamente, ele continuou a se aproximar do veado. Era um velho teimoso, não desistiria facilmente. Seu coração palpitava de tal modo que ele podia senti-lo no peito. Não era uma sensação desagradável, apenas o que se esperava era que as batidas não acabassem em taquicardia. Na última vez, a mulher tivera que chamar uma ambulância para levá-lo ao pronto-socorro em Little Falls, onde conseguiram diminuir a pulsação com uma dose poderosa de quinidina em sua corrente sanguínea. Mas agora a mulher não estava ali e ele não tinha ideia de quando ela iria voltar. Idiota, sair de casa de chinelos! Ele não se incomodava muito com o frio, que era um frio seco mineral, aclarava a cabeça. Ele se sentia aquecido pela excitação, calor na pele. A esta altura, o veado já o tinha visto e sentido seu cheiro. Emitia uma espécie de bufo arquejante, um ruído de alerta. O animal vacilou para trás, seus cascos escorregaram e caiu pesadamente ao chão. Imediatamente lutou para se levantar, mas ele foi bastante rápido, abaixou-se sobre o animal, xingando e agarrando o pescoço machucado, os chifres. Algo afiado como uma navalha espetou a base carnuda de seu polegar. Ele praguejou, mas não soltou o apavorado veado. Viu que o animal sangrava de vários ferimentos, incluindo um talho profundo sob o queixo, que poderia não estar longe de uma artéria importante. Xingou novamente o jovem veado que o escoiceava. Os olhos do animal se dirigiram para dentro das órbitas, o resfolegar estava alto e rápido como um fole. No entanto, ele conseguiu ficar atrás da criatura, longe do alcance de seus cascos agitados e de seus dentes expostos. Suas mãos sangravam. Praga, xingou o animal, que não se sujeitaria sensatamente para que ele o ajudasse. Babas de saliva espumosa voaram para seu rosto, suas mãos se cortaram novamente; após o que pareceu um tempo imenso, ele conseguiu soltar o maldito arame farpado, que se enrolara em torno dos chifres. Atirou-o longe e soltou o veado que se levantou de um salto, emitindo um relincho parecido com o de um cavalo. No limiar da clareira, a corça adulta tinha se aproximado e também estivera bufando e sapateando, mas, assim que o jovem veado se viu livre, ela recuou. Que praga! Ele tinha sido derrubado, caindo sobre suas nádegas, em seu traseiro ossudo de velho, na neve e com um dos chinelos faltando. Seu coração continuava a pipocar numa censura raivosa contra tal loucura. Ele sabia que agira errado, é claro que sabia. Seu coração estava avariado e nos últimos anos tinha se tornado seu adversário. Seu corpo era seu adversário, o corpo do seu pai proscrito. No entanto, ele olhava ansiosamente conforme o jovem veado partia vacilando, ainda balançando a cabeça, resplendendo sangue e escorregando mais uma vez e rezou para que o animal não caísse porque, se tivesse um tombo feio, poderia não conseguir se aprumar, logo morreria de choque ou de parada cardíaca; mas o veado conseguiu se endireitar e finalmente trotou para dentro do bosque. O resto do bando miserável desaparecera. Com exceção da neve pisoteada pelos cascos, da neve suja de sangue e do velho caído de bunda no chão limpando o sangue e a baba do veado na sua calça, não se perceberia de jeito nenhum que ali estivera um veado.

Manhãs em que a inspiração não surge.

Mummy tinha sido a sra. Hemingstein, às vezes ele apenas a chamava de sra. Stein porque todo nome judaico era uma brincadeira entre eles. Ele próprio tinha inúmeros apelidos de escola, incluindo Hem, Hemmie, Nesto, Butch. Seu favorito era Hemingstein, às vezes apenas Stein. Nas manhãs daquele último inverno, em que a inspiração não surgia, ele ouvia *Hemingstein, Stein* tênues e provocadores, em uma voz feminina rouca, que faziam seus lábios se contraírem em um sorriso de prazer infantil ou em uma careta adulta de dor, ele não sabia.

Sirenes.

Em Ketchum, Idaho, ele passou a conhecer sirenes.

Um furgão de resgate. Ambulância. Sirene de polícia. Corpo de Bombeiros. Veículos em velocidade na Rota 75, saindo de Ketchum, oscilando ao longo de um tráfego mais lento. Neste lugar você se tornou um entendido em sirenes: com som interrompido, circular e esbaforido é o furgão de Resgate de Emergência de Camas County. Mais agudo, é a ambulância da Clínica Médica Ketchum ou a Ambulância Holland, de propriedade particular. Uma sirene com um toque frenético, uma fúria de pura beligerância como um elefante bramindo é o Departamento do Xerife de Camas County. Um guincho mais grave e estridente, pontuado por um rápido assobio rouco como uma buzina é dos Bombeiros Voluntários de Ketchum.

A princípio, a sirene está distante. Poderia estar indo em qualquer direção. Gradualmente seu volume aumenta. A sirene vem em sua direção. Está saindo da estrada e vindo por dentro da sua propriedade, subindo a colina, emergindo de um bosque cerrado e está dentro do seu crânio, a sirene é *você*.

Talvez ele estivesse bebendo e fumando, esticado no sofá de couro do andar de baixo com a TV ligada, mas sem som; e talvez uma chuva de fagulhas tivesse caído do seu cigarro e ele as tivesse removido com a mão sem notar onde caíram; e a próxima coisa que percebera foi fumaça, o cheiro da fumaça e a mulher em trajes de dormir gritando com ele lá da escada. Ou talvez ele tivesse caído de um degrau coberto de gelo nos fundos da casa com o rifle na mão (atento a alguém ou a alguma coisa no limite sombreado do bosque), e o rifle tivesse disparado, e a próxima coisa que percebera é que tinha rachado a cabeça, e sangrava tão abundantemente que a mulher pensara que talvez ele tivesse levado um tiro. Ou caído da escada, quebrado seu pé esquerdo, uivando de dor como um macaco ferido. Ou tonto na água morna da banheira, Seconal e uísque, a cabeça pesada caída para frente como se estivesse de pescoço quebrado e a mulher não conseguindo reavivá-lo. Ou, no meio da noite, quantas noites, ele não conseguira respirar. Ou dor no peito. Ou dor abdominal. Pedra no rim? Apendicite? Derrame? Hemorragia interna? Ou o que a mulher transmitiria aos médicos como "loucura suicida" – "ameaças suicidas". Ou, Papa a ameaçara. (Será?

Papa negou veementemente. Em meio a um colapso ou a uma falência espiritual, o rosto vincado e retorcido como se estivesse em um torno, ainda assim Papa era eloquente, convincente.) A mulher ousou lutar com ele pelas cápsulas da espingarda que saíram rolando e deslizando pelo chão e pela pesada espingarda Mannlicher. *Vá embora! Não toque!* Papa não suportava ser tocado; então mandou a mulher embora, saiu da sala cambaleando e se trancou no banheiro, esmurrando a porta espelhada do armário de remédios. Quebrou o espelho, machucou as mãos e por despeito a mulher discou para a emergência e assim, mais uma vez – quantas vezes! –, uma sirene começou a ser ouvida à distância, um dos lamentos circulares, agudos furiosos como uma besta ferida investindo, quantas vezes oscilando colina acima para a casa de Papa, em seu remoto e desolado promontório e a mulher, do lado de fora, na entrada, desgrenhada e sem qualquer dignidade ou contenção conjugal, gritando *Por favor, ajude-nos! Ajude-nos!*

Papa tinha que rir: ajude-*nos*.
    Especialmente se você se casava com elas, elas começavam a pensar no plural, *nós*.
    Como se o mundo estivesse se lixando para *nós*. Era Papa que importava, não *nós*.

Com essa ele tinha se casado. A que ele mais amara, a mais linda das mulheres, Papa não desposara por já ser casada com outro. Mas com essa ele se casara, a quarta das mulheres de Papa e sua futura viúva. Uma fêmea é essencialmente uma boceta, o propósito essencial da fêmea é a boceta, mas uma mulher, uma esposa é uma boceta com uma boca, um homem tem que levar isso em conta. É um fato desalentador: você começa com uma boceta e termina com uma boca. Termina com sua futura viúva.

Ele mancou até o lugar da sepultura. Sempre havia uma leve ansiedade de que, por algum motivo, ela não estaria lá. As pedras teriam sido deslocadas. Os pinheiros estariam faltando. A trilha estaria tão densa que ele não acharia o caminho. A ideia de se estar ao ar livre, na natureza, é muito diferente do próprio ar livre. Porque a ideia é uma maneira de falar, mas o ar livre não tem uma fala. Você se impressiona frequentemente com o céu. Seus olhos se voltam para cima, zombeteiros e esperançosos. Maldição, o pé esquerdo se arrastava. Pés e tornozelos inchados. Usava uma bengala. Ele não usaria as muletas. Inalou o cheiro dos pinheiros. Era um cheiro pronunciado e definido. Um cheiro para desanuviar a cabeça. Um cheiro que não se conseguiria imaginar até ser sentido. E havia o céu, inconstantes nuvens de vapor. Seus olhos fracos perscrutaram, mas não conseguiram perceber nada além de nuvens de vapor. A ansiedade estava voltando, uma sensação como rápidas agulhas afiadas. E nas axilas, um irromper de suor. Ele não sabia o motivo. O túmulo ficava em um lugar de solitude e beleza. Era um lugar de paz. Ficava no cimo de uma alta colina, entre pinheiros, contemplando a oeste as montanhas Sawtooth. Papa fora específico quanto a essa localização, você não queria deixá-lo excitado. Ele colocara pedras para assinalar o local e em cada uma de suas caminhadas percorria o mesmo trajeto: saía de casa, subia a colina e andava ao longo do cume, na beirada do bosque, parando no lugar da sepultura apoiado em sua bengala para recuperar o fôlego. Seus olhos fracos se espremiam para olhar as montanhas à distância. Porque ele era um velho vaidoso, detestava óculos. Papa nunca fora homem de usar óculos, a não ser óculos escuros de aviador. Ali, ao lado do túmulo, respirou fundo e deliberadamente. Seus pulmões estavam prejudicados pelo fumo, fazendo com que não pudesse respirar tão profundamente quanto antes. Ao lado do túmulo, seus pensamentos agitados se esvaziavam e se acalmavam como o desmanchar de uma onda. Ali ele ficava em paz ou quase. *Prometa. Você vai me enterrar aqui. Exatamente aqui.* A mulher prometera com relutância. Não gostava que ele falasse em morrer, morte, funeral. Ela tinha a veleidade de que Papa ainda era um homem vigoroso com o melhor de seu trabalho ainda por ser feito e não um velho bêbado, doente e alquebrado, com tremor nas pálpebras, sem firmeza nas mãos, pés e tornozelos inchados, um fígado tão dilatado que se projetava do corpo como uma sanguessuga gorda e comprida. Ela tinha a fantasia de que eles ainda eram um casal romântico com um casamento feliz e que aquela conversa sobre morte era simplesmente estúpida. *Como um morcego vindo do Inferno, voltarei para atormentá-la, caso você me traia.* Isto perante testemunhas. A mulher riu ou tentou rir. Ele não tinha certeza de que podia confiar nela. Não se pode confiar na maioria das pessoas. Maldição, ele pretendera incluir, no seu testamento, um item referente ao lugar do túmulo.

Permaneceu ao lado de seu túmulo por alguns minutos, respirando fundo e deliberadamente. Não acreditava em eternidade e, no entanto, naquele lugar, em tal solitude, em meio a tanta beleza e calma, quase se podia acreditar na existência das coisas eternas. Havia muito mais coisas do que somente Papa e o interior de seu cérebro se agitando como larvas em um cadáver malcheiroso. Você sabia.

(Larvas em cadáveres. Ele vira. Agitando sua brancura nas bocas de soldados mortos, onde antes haviam estado seus narizes, seus ouvidos e seus maxilares explodidos. A maioria dos soldados era constituída de jovens, tão jovens quanto ele mesmo tinha sido. Italianos derrotados após a ofensiva austríaca em 1918. Não se esquece tais visões. Não se deixa de ver tais visões. Ele mesmo fora ferido, mas não morrera. A diferença era profunda. Entre o que vivia e o que morria, a diferença era profunda. No entanto, permanecia misteriosa, indefinível. Você não queria falar sobre isso. Você não queria, principalmente, rezar a respeito disto, implorar a Deus para poupá-lo. Porque ele não gostava de pensar em Deus. Ele não gostava de pensar em preces para um tal Deus. Apalpando seu dedão nu contra o gatilho da espingarda, ele queria que se danasse se iria pensar, no último momento palpitante da sua vida, em Deus.)

Naquele verão ele tinha completado dezoito anos. Naquele verão no norte de Michigan, no refúgio de verão, no lago. Ele soubera, então.
 Observando seu pai através da mira da espingarda. Observando a cabeça de nabo através da mira com o dedo no gatilho. Sua pulsação de jovem se acelerou. Uma agradável sensação provocou a sua virilha. Seus lábios se entreabriram, ressecados. Sua boca estava muito seca. *Vá em frente! E estará acabado!*
 Você aprende a amar sua arma muito cedo. Sua arma é sua amiga, sua companheira. Sua arma é seu consolo. Sua arma é sua alma. Sua arma é a cólera de Deus. É a sua cólera (secreta, deliciosa). Aquela era sua primeira espingarda, ele nunca se esqueceria. Uma Winchester calibre 12, de cano duplo. Não havia nada de diferente na espingarda de segunda mão, mas ele se lembraria dela durante toda sua vida com um palpitar de emoção. Seu aniversário era em julho. Tinha acabado de completar dezoito anos. Eles estavam no chalé: "Windemere". Nome dado por Mummy. A maioria dos nomes vinha de Mummy. Ele a evitava, tinha dezoito anos e não queria ser tocado. Mummy era de uma robustez sólida, com grandes seios caídos e uma barriga redonda, até mesmo um espartilho de barbatana de baleia não conseguiria contê-la. Mummy tinha sido seu primeiro amor, mas deixara de ser. Agora ele não amava ninguém. Não queria. Treparia com quantas garotas pudesse, mas isso não era amor. Gostava do fato de que seu pai não o estivesse observando, ao passo

que ele o observava como se observa uma caça, através da mira de sua arma; e o animal não se dá conta da sua presença até que o tiro ecoe.

O velho homem, capinando no canteiro de tomates. O calor parado, cansado de julho. O velho, alheio ao dedo de seu filho no gatilho. A excitação do filho. O velho inclinado entre pés de tomate que ele amarrara verticalmente em estacas. Agachado desajeitadamente em seus calcanhares. Usava um chapéu de palha, que às vezes Mummy usava. Suas espáduas ossudas se projetavam contra o tecido da camisa como asas quebradas. Sua cabeça estava inclinada como em uma atitude de respeito. Sua papada era feita de pregas gordurosas de carne. Sua pele era flácida como cera derretida. No barracão ao pé do jardim, o filho observava o pai com calma e objetividade. Adorava a solidez do cabo da arma contra seu ombro. O esforço do pesado cano duplo contra seus braços, que ainda assim seguravam com firmeza. A deliciosa sensação junto ao seu coração e na região da virilha. Os lábios do pai contraíram-se e se moveram como se ele estivesse falando com alguém. Sorrindo, tímido. O pai estava vencendo uma discussão. O pai se moveu ao longo da fileira dos pés de tomate sobre os calcanhares. Tinha os ombros curvados. Seu queixo derretera como cera. Aquela cabeça poderia ser estourada com a maior facilidade como um nabo. Porque, se um homem é fraco, foi castrado por alguma mulher. Seria uma caridade explodir aquele homem.

Seu dedo no gatilho, provocando. Sua respiração tão acelerada e curta, ele quase sentiu que ia desmaiar.

Naquele verão em que completara dezoito anos, deixou de ser cristão. Deixou de ir à igreja. Mummy rezava por sua alma. O pai também. *Possa o Senhor velar entre mim e ti, enquanto estamos ausentes um do outro.*

A arma passaria de pai para filho.

Não a espingarda Winchester, mas o revólver Long John Smith & Wesson da Guerra Civil, que o pai usaria para se matar onze anos mais tarde em sua casa em Oak Park. Isso quando o filho tinha vinte e nove anos, já há muito tempo casado e era ele mesmo pai e escritor bastante famoso, morando longe do velho e de Mummy e raramente disposto a visitá-los. Ficou profundamente chocado, impressionado, perplexo, o velho de papada flácida tivera o culhão de fazê-lo.

Ou papai era um covarde. Papai sempre fora um covarde. Dava vergonha pensar em tal covardia, sangue do seu sangue.

Ele andava preocupado com sua saúde, segundo Mummy. Papai tivera muitas preocupações desvairadas. Um homem emasculado tem muitas preocupações como uma forma de desviar sua atenção de uma única preocupação vergonhosa. No entanto, ele tivera uma pontaria certeira. Não derrubara a arma no momento crucial. Não hesitara. Você poderia dizer que a uma distância tão próxima é impossível errar o alvo, mas pode acontecer de você, na verdade, perder o alvo dentro da sua cabeça e precisar passar o resto da vida em uma existência sombria, com dano cerebral e completo esquecimento. Assim, a atitude do velho foi arriscada ou negligente. Talvez tenha sido corajosa. Ou, mais provavelmente, *foi a saída do covarde*.

O filho estava angustiado, não conseguia descobrir qual das possibilidades. Nunca descobriria.

Àquela altura, a mãe deixara de ser Mummy, tornara-se Grace. O filho tinha tal desprezo por Grace que não suportava ficar no mesmo cômodo que ela. Não suportava conversar com ela, a não ser que estivesse se sentindo tremendamente bem e bêbado ou pudesse se consolar com a iminente possibilidade de se sentir tremendamente bem e bêbado. O filho voltou para Oak Park, Illinois, para supervisionar o funeral. O filho que deixara de ser cristão e de ser filiado à Igreja Congregacional voltou para Oak Park, Illinois, melancolicamente disfarçado de filho zeloso, para supervisionar os serviços fúnebres na Primeira Igreja Congregacional. Depois disso, ele de fato se sentiu tremendamente bem e bêbado e a bebedeira perduraria por trinta anos.

Mais tarde, pediu à sua mãe que lhe enviasse a herança da família, o revólver Long John que pertencera originalmente ao pai de seu pai e Mummy-Grace aquiesceu com a bênção materna.

Durante muito tempo, seu drinque favorito foi o cubano: "Death in Gulf Stream" (Morte na Corrente do Golfo). Uma mistura de amargosos, suco de um limão e um copo longo de gim Holland. Gostava da poesia do nome. Gostava do sabor. Gostava do copo gelado, alto e profundo como o mar.

Mais recentemente, em Ketchum, não tinha um favorito.

Tinha praticado com a Mannlicher .256 (descarregada). Sentado em uma cadeira de espaldar reto, descalço, com a coronha colocada firmemente no chão, se curvando para frente, colocava a ponta do cano na boca e a pressionava contra seu palato. Ou apoiava seu queixo com firmeza na boca da arma, inclinando-se para frente. Ele se concentraria. Agora, sempre havia um bramido em seus ouvidos como uma cachoeira distante, o que fazia com que a concentração fosse difícil, mas não impossível. Respiraria fundo e conscientemente. Era um procedimento cuidadoso. Existe uma técnica para o uso de uma espingarda com o propósito de estourar os miolos. Naquele momento você não ia querer fazer uma cagada. Assim como foder, escrever, o segredo é a técnica. Os amadores ficam ansiosos e descuidados, os profissionais prestam atenção. Nenhum profissional confia na sorte. Nenhum profissional joga o dado para ver como é que ele vai cair, o profissional calibra o dado para determinar como ele tem que cair.

    Com seu dedão nu, ele cutucava o gatilho. O *clique!* fazia com que ficasse surdo. O *clique!* ecoava no quarto revestido de carvalho, onde as paredes ostentavam vistosas fotografias emolduradas de Papa com seus troféus de caça: um marlim gigante; um leão macho com a cabeça caída, mas monumental; um enorme alce com chifres; um enorme urso pardo; um maravilhoso e elegante leopardo com a cauda esticada aos pés de Papa; e Papa carregando seu rifle de grande potência em seus braços musculosos; Papa barbudo; Papa sorrindo, agachado sobre sua presa. *Clique! Clique!* Era contra o seu queixo que ele pressionara a boca da espingarda e por algum tempo apoiou a cabeça contra ela, os olhos trêmulos fechados e seu coração loucamente acelerado começou gradualmente a esmorecer como um relógio de corda que vai parando.

... os verões ao norte de Michigan, no lago. Suas primeiras matanças e seu primeiro sexo. Observando a cabeça do velho através da mira da espingarda e à noite com a jovem puta índia, bebendo uísque e a fodendo tantas vezes que perdera a conta. Enfiando seu pau dentro da garota, lá no fundo da garota, qualquer garota, o resto não interessava muito, o rosto, o nome do rosto, ele só se excitava com a boceta, seu pau no fundo da boceta carnuda e morna, uma boceta ligeiramente resistente que se abria para ele, para sua estocada, arremetida, bombada ou era levada a se abrir para ele; e gozar dentro da boceta o deixava febril, zonzo.

    Doce como seu dedo em um gatilho, apertando de modo que não houvesse volta.

... *o maior escritor de sua geração* e ele largou seu drinque, estourando numa risada de peito aberto, levantou-se para receber o prêmio, a pesada placa de latão, o cheque, os calorosos aplausos da audiência e os apertos de mão de estranhos ansiosos por homenageá-lo. Ainda estava rindo consigo mesmo depois da cerimônia, em meio a uma lisonjeira confusão de *flashes*, convencido de que o que ouvira no pronunciamento fora *o maior "odiador" de sua geração*.

Ele tinha que reconhecer, aquilo podia ser verdade.

A mulher estava inquieta perguntando: Por quê? Este lugar remoto onde ninguém nos conhece, quando você vem tendo problemas de saúde, por quê? A mulher vinha na sequência de uma sucessão de bocetas em provocação a Mummy-Grace. Era a quarta esposa, a futura viúva. Ingenuamente e com uma petulância infantil, ela falou em *nós* como se alguém mais importasse, além de Papa.

Manhãs em que a inspiração não surgia e não havia o drama de um esguio veado jovem, desesperado para ser salvo por ele, Papa pensou: se a mulher interferisse quando chegasse a hora, talvez ele a explodisse também.

Trinta anos, a maldição de Papa o mantinha escravizado.

Mesmo antes de seu pai se matar, quando jovem, no final dos seus vinte anos, ele fora Papa perante a veneração de outros. Por que tinha que ser assim, por que ele parecia desejar que sua própria vida se acelerasse, ele não tinha ideia. Papa o intoxicava: energia sexual, alegria. Alegria culminando em um delírio para a euforia. Você bebe para celebrar e você bebe para embalar suas feridas. Você bebe para embalar as feridas daqueles que machucou, pelos quais sente um tardio, inútil e, ainda assim, sincero remorso.

Havia seu amigo escritor, seu colega do Meio Oeste que ele denegrira em suas memórias da juventude em comum, em Paris. Seu amigo que ele emasculara após a morte com dissimulado regozijo, típico de Papa, e escárnio, afirmando que era tão inseguro sexualmente que pedira a Papa que olhasse seu pênis e lhe dissesse francamente se era inadequado como dizia sua esposa. Nas memórias, Papa descreveu os dois homens levemente embriagados entrando no banheiro masculino do Restaurante Michaud e abrindo o zíper de suas calças para "comparar os tamanhos". Papa se retratou sob uma luz bondosa e condescendente, assegurando a seu ansioso amigo que seu pênis parecia ter um tamanho normal, mas não acrescentou o quanto foi tomado pela ternura por seu amigo naquele momento; como a rivalidade entre eles parecia ter se esvaído na exigência daquela vulnerabilidade; a emoção que sentiu pelo homem, o quanto quis tocá-lo, fechar seus dedos reverentemente em torno do pênis do outro, simplesmente segurá-lo, garantindo com aquele toque o que nunca conseguiria proferir em voz alta *Sou seu irmão, amo você.*

Papa nunca confessaria isso. Nas cruelmente confusas páginas de suas memórias, a ternura não tinha vez.

Por que, cismava a mulher. Como outras cismaram.

Por que deixar Cuba, onde ele era Papa para tantos, admirado e adorado. Por que deixar o calor do Caribe para viver isolado em Idaho. De um "esportista" milionário e colega de bebedeiras, comprou uma propriedade superfaturada de muitos acres nas maravilhosas e desoladas colinas ao sopé das montanhas Sawtooth. Perto havia uma velha cidade mineira chamada Ketchum. Ali ele criaria a grande obra de sua vida como escritor porque acreditava que o grande esforço de sua alma ainda estava por vir; nenhum trabalho seu conseguira abranger tudo aquilo de que ele era capaz. Embora o mundo o aclamasse como um grande escritor, embora tivesse ficado rico, sabia que tinha que ir mais fundo, mais fundo. Descendo no oceano através de tênues estratos de luz, água esverdeada de sol filtrado, escurecendo gradativamente ao crepúsculo, depois passando para um azul-marinho e finalmente a noite e a terrível supressão da noite. Em acidentes, desastres, doenças tropicais e nas bebedeiras, pelas quais Papa era lendário, perdera sua saúde prematuramente e, mesmo assim, era capaz dessa descida. Era capaz de descer na terrível supressão da noite e dela ascender em triunfo. Ele sabia!

Nas noites em que não conseguia ficar deitado, por causa da batida irregular de seu coração, e tinha que se sentar em uma cadeira no escuro, ouvia o murmúrio *Possa o Senhor velar entre mim e ti enquanto estamos ausentes um do outro* que o enraivecia, o enchia de desprezo filial pelo pai de fragilidade feminina; e agora que estava com sessenta anos e se aproximava do fim de sua própria vida era levado a perceber que seu pai o amara com ternura e paixão e que essas palavras, que antes desprezara, eram palavras de solicitude paterna. Como se equivocara com seu pai! Como tentara substituí-lo pelo Papa fanfarrão e blefador, que repudiava a fraqueza masculina! Estava abalado pelo remorso, seus olhos ardiam com as lágrimas ácidas. Percebeu o quanto estava mais velho do que seu pai, na época em que o transtornado homem se matara em Oak Park, Illinois, em 1928, com aquela única bala na cabeça.

Sua vida desembestava por ele como uma manada de animais selvagens enlouquecidos. Tantos cascos ensurdecedores, tal frenesi de poeira que o caçador não teria tempo de recarregar seu rifle e disparar com rapidez suficiente para matar todos os que deveria matar.

Tardiamente veio a amar seu pai. Ou alguma lembrança de seu pai. Mas nunca deixaria de desprezar Mummy-Grace. A sra. Hemingstein, que ele sentia penosamente que iria recebê-lo com o sorriso reprovador, canalha, no Inferno.

Beber é a desgraça para a qual a única cura é a bebida.

As sirenes tinham vindo por causa dele. A mulher o traíra. Foi amarrado. Ligaram eletrodos em sua cabeça. Levou choques. Acabaram com ele. Seu cérebro fritou e crepitou como se estivesse em uma frigideira. O que gotejaram em suas artérias ardeu feito ácido. Falaram em lobotomia. Falaram em inserir um picador de gelo em sua órbita, em um ângulo ascendente: o lóbulo frontal. Falaram em "cura milagrosa para a depressão", em "cura milagrosa para o alcoolismo". Foi amarrado em sua cama. Papa era o maior escritor de sua geração, amarrado em sua cama. Papa recebera o Prêmio Nobel de Literatura, amarrado em sua cama. Ele mijaria em sua cama. Descarregaria as tripas. Flertaria com as enfermeiras. Papa era do tipo que flerta com as enfermeiras. *Aqui é o Inferno nem eu estou fora dele* Papa divertia as enfermeiras com seu clássico sotaque britânico como Ronald Colman. Conseguiu sua admiração e seus corações. A última e mais ignóbil vaidade de um homem é seu desejo de divertir e impressionar a equipe de enfermagem para que se lembrem dele com benevolência. Dirão que foi corajoso. Que foi generoso. Que era uma companhia danada de boa. Dirão que foi um homem notável. Dirão que dava para perceber que era um grande homem. Não dirão que era alguém digno de pena. Um fracasso. Não dirão que seu pênis era flácido e descarnado como um bócio. Não dirão que às vezes ele ficava tão apavorado que tínhamos que nos alternar segurando sua mão.

Não dirão *Ele delirava, pedindo Deus me ajude.*

Que aventuras ele teve! Escapando de seus captores.

A caminho da Clínica Mayo, em Rochester, Minnesota, eles aterrissaram em Rapid City, em Dakota do Sul, para reabastecer. Papa saiu rapidamente pela pista. Andava decidido e imperturbável. Não parecia estar mancando. Era um dia agradável, límpido e ventoso. O aeroporto era pequeno: apenas uma suja pista de decolagem. Papa não sabia por que estava escapando de seus captores até que viu: um pequeno avião pousando na pista. Taxiando em direção ao aeroporto. Um avião de uma hélice taxiando em sua direção. Começou a andar mais rápido. Quase passou para um trote. O piloto não conseguia dizer se Papa estava sorrindo para ele ou se estava com os maxilares travados como alguém que aperta uma toalha. Quando Papa estava a cerca de um metro da barulhenta hélice em ação, o piloto desligou abruptamente o motor. A mulher chorava *Papa, não. Por favor, Papa.* Eles, então, vieram atrás dele. Papa ficou muito quieto em frente à hélice que desacelerava. Não sabia como resistir, sua derrota seria apenas temporária e sua vingança viria na hora certa.

De volta a Ketchum, ela trancou as armas no armário do andar de baixo. Trancou também o armário de bebidas. Era sua carcereira. Seu súcubo. A mulher era sua futura viúva. Ela o tinha enganado com expedientes legais. Conseguira fazer com que fosse internado. Permitira que técnicos do FBI entrassem na casa para grampear os telefones. Conversava frequentemente com seus médicos. A mulher fazia um diário sobre o comportamento dele. Conspirava com o xerife de Camas County e seus agentes. Alertava esses agentes quando Papa estava indo para a cidade dirigindo. Porque sua licença fora revogada. A visão de Papa estava fraca demais; ao anoitecer, os faróis dos veículos em sentido contrário cegavam seus olhos apertados como sóis enlouquecidos. Papa tinha razões para suspeitar que a mulher mantinha uma íntima comunicação com Fidel Castro, que já fora seu amante. Ele expulsara Papa de Cuba, apropriando-se de sua propriedade. Tinha razões para suspeitar que a mulher sabia mais do que admitia sobre sua correspondência, que fora aberta e toscamente colada de volta quando ele a recebeu. A mulher também não reconheceu o subterfúgio de seus advogados ou de seus editores na cidade de Nova York, que tinham fraudado seus direitos autorais; ou dos funcionários do banco em Twin Falls, onde ele guardava seu dinheiro. A mulher se recusava a dirigir com ele mais uma vez pela estrada para Boise para verificar os cartazes que faziam uso da famosa aparência enigmática de Papa, cartazes gigantescos contendo palavras e números misteriosos que se referiam à sua masculinidade e à associação de Papa ao Partido Comunista. Embora a mulher não objetasse quando Papa usava óculos escuros em público ou quando, no restaurante de que ele mais gostava, insistia em se sentar no reservado mais remoto com a aba do chapéu abaixada sobre sua testa.

A vingança é um prato que se serve frio como dizem os espanhóis. A vingança mais doce, a expressão da mulher quando ele a arremetesse contra a parede.

A vingança mais deliciosa: o novo amor de Papa.

Na Clínica Mayo ele seduzira a enfermeira mais jovem e mais bonita. Era típico de Papa seduzir a enfermeira mais jovem e mais bonita. O nome da garota era Gretel. Papa e Gretel estavam apaixonados. Papa e Gretel tinham planejado como Gretel chegaria em Ketchum e trabalharia para ele. Como Papa e Gretel se casariam e ele mudaria seu testamento deixando todo seu dinheiro para Gretel. Como a mulher, a envelhecida esposa buldogue de Papa, ficaria furiosa. Como Papa lidaria com a envelhecida esposa buldogue. Gretel viera até ele à noite, em seu quarto particular. Ela o tinha satisfeito com sua boca e com suas mãos macias e carinhosas. Gretel tinha dado um banho de esponja em Papa, que recendia a suor. Gretel rira e o provocara chamando-o de *Grand-Papa*. Mas também havia Siri. Papa não tinha certeza sobre qual delas, Gretel ou Siri, iria até Ketchum e trabalharia para ele. Não conseguia se lembrar dos sobrenomes, tanto de Gretel quanto de Siri, e se lembrava apenas vagamente da Clínica Mayo, onde seu cérebro tinha fritado e crepitado como se estivesse em uma frigideira e seu pênis fora tão grosseiramente inserido em um cateter que sua incontinência urinária vertia sangue.

As manhãs em que a inspiração não surge são muito compridas.

Meu pai se matou com um tiro ele costumava brincar *para evitar tortura.*

Em seu delírio, amarrado à cama, tentava explicar à jovem enfermeira ou às jovens enfermeiras que seu pai usava roupas de baixo desgastadas e que as trocava tão raramente que fediam a suor mesmo depois de lavadas. Tentava explicar, a quem quer que o ouvisse, que matar a si mesmo para evitar tortura não era um ato de covardia, porque se você fosse torturado poderia entregar seus companheiros e um homem nunca deve trair seus companheiros, esse é o único pecado não passível de perdão. *Que sua alma apodreça no Inferno para todo o sempre se você trair um companheiro* ele começou a se agitar contra suas amarras, e a gritar, e teve que ser sedado, e não acordaria durante muitas horas.

Manhãs aqui em Ketchum. Ele folheava o dicionário procurando palavras. Porque agora as palavras não lhe vinham, ele era como alguém tentando apanhar grãos de arroz com alicate. Evitava a máquina de escrever porque uma máquina de escrever é silenciosa demais quando suas teclas não estão sendo batidas. Pretendia escrever uma carta de amor à mão para Gretel ou para Siri. Fazia muito tempo que Papa compusera uma carta de amor. Fazia muito tempo que Papa compusera uma sentença que não o desagradara por sua banalidade. A composição de uma sentença é algo preciso. A composição de uma sentença é semelhante à composição do aço: ela pode parecer frágil, até mesmo delicada, mas é forte e resistente. Além da sentença, havia o parágrafo, um obstáculo que o confundia como um matacão que tivesse rolado da montanha e caído na estrada, bloqueando a passagem de seu veículo. Ao pensar em um parágrafo, ele começou a sentir vertigem. A se sentir tonto. Sua pressão estava alta, seus ouvidos zumbiam e pulsavam. Não conseguia se lembrar se tomara seus comprimidos para pressão e não queria perguntar à mulher.

Tantos comprimidos, cápsulas, pílulas. Ele os engolia a mancheias, a não ser quando os jogava na privada. Levava seu frasco de prata com ele, no bolso do paletó. A mulher trancara o armário de bebidas, mas ele andara comprando algumas doses de Four Roses de Artie, que vinha fazer consertos na casa.

Da mesma maneira que os nomes de alguns lugares, como Sawtooth, Featherville, Blizzard e Chilly* exerciam fascínio sobre ele quando ditos em voz alta como se fossem fragmentos de poesia, as palavras do dicionário eram misteriosas e indefiníveis e requeriam

---

* Respectivamente, em português: Dente de Serra, Cidade das Penas, Nevasca e Frio. (N. T.)

uma junção, uma composição, das quais Papa já não era capaz. O neurologista dissera na Clínica que seu córtex cerebral encolhera devido ao "abuso de álcool". O especialista dissera que seu sistema imunológico e seu fígado estavam "irreversivelmente comprometidos". O psiquiatra o diagnosticara como "maníaco-depressivo" e lhe dera comprimidos verdes oblongos que, em sua maioria, ele jogara na privada porque o deixavam grogue e revestiam sua língua de uma espuma cinza, fazendo com que a mulher se afastasse de tão fedido que ficava seu hálito. No espelho da Clínica, pela primeira vez, ficou chocado ao ver o rosto de seu pai. Porque lá estava a testa horrivelmente enrugada de seu pai. Ali estavam os olhos vazios de pálpebras pesadas de seu pai. Suas mandíbulas travadas, a tensão nas bochechas. Seu cabelo estava mais branco do que fora o de seu pai. Estava desanimadoramente ralo na parte de trás da cabeça (de tal maneira que os outros podiam ver seu couro cabeludo, mas ele não), mas ainda se conservava espesso sobre a testa. A angústia reluzia em seu rosto. No entanto, era um rosto atraente, o rosto de um general. De um líder. De um homem crucificado, que não grita quando os pregos são martelados na carne de suas mãos e de seus pés. Era surpreendente ver o rosto de seu pai no seu e observar tal angústia. E, coisa estranha, a ondulação de seu cabelo, os sulcos ondulados da testa, até mesmo a ouriçada e densa onda da barba e do bigode estavam todas *para a esquerda*. Como se seu corpo ansiasse *pela esquerda*. Como se um vento poderoso e cruel soprasse incessantemente *para a esquerda*. O que isso significava?

Ele queria muito escrever sobre esses mistérios. Os profundos mistérios do mundo à sua volta e os profundos mistérios do mundo dentro dele. No entanto, esperava, esperava pacientemente e as palavras não vinham. As sentenças não vinham. Seu toco de lápis lhe escapou dos dedos e rolou retinindo pelo chão. Seu desejo coagulado e pútrido se reforçou dentro dele. Precisava eliminá-lo, não podia suportá-lo por muito mais tempo. Velhas queimaduras, velhas cicatrizes. Sua pele escamosa coçou: *erisipela*. Havia uma palavra!

No andar de baixo, a mulher falava ao telefone. Com quem ela estava traindo Papa dessa vez, Papa não tinha ideia.

... uma vida agradável e privada com um orgulho não declarado, e não publicado, e eles cagaram sobre ela, e se limparam com papel macio, deixando-o ali, mas era preciso continuar vivendo com aquilo do mesmo jeito, tal vergonha não era uma construção de palavras escolhidas com habilidade que resultavam em um final abrupto e inevitável, mas era mais como o maldito vento que vinha das montanhas e parecia nunca parar, dia e noite, às vezes um vento alucinado e raivoso; um vento de um frio amargo; um vento que arrebatava sua respiração, fazia seus olhos arder; um vento que tornava penosa a caminhada ao ar livre, caso estivesse se esforçando com uma bengala; um vento com gosto de friagem mineral, cheirando a futilidade; um vento que penetrava pelas molduras grosseiramente calafetadas das janelas do refúgio montanhoso do milionário, que contemplava a cordilheira Sawtooth; um vento que penetrava até no sono saturado de um bêbado; um vento que trazia com ele risadas abafadas de escárnio; *um vento sem repouso*.

No lugar da sepultura, entre os altos pinheiros, esse vento de melancolia sopraria para sempre. Apesar de tudo, ele encontrou algum consolo nisso.

• • •

Saiu de casa pela porta dos fundos, às 6h40 da manhã. A noite fora ruim.

A mulher o tinha levado para jantar fora com amigos de Ketchum. Foram ao Eagle House, em Twin Falls, o restaurante predileto de Papa. Desde o começo ele estava receoso. Não confiava nada na mulher. Papa estava nervoso porque durante todo o dia a inspiração não surgira. Não sabia o que estaria reprimido dentro dele, cutucando como larvas agitadas. No Eagle House quis se sentar em um ambiente separado por uma divisória no canto extremo do bar barulhento. Depois de sentado, com as costas viradas para a parede, ficou agitado por estar de frente para o bar entulhado, sendo observado. A mulher riu de Papa, lhe assegurando que ninguém o estava observando e caso alguém estivesse lançando olhares sorridentes seria apenas porque Papa era um homem famoso. Mas ele estava nervoso, insistindo em trocar de lugar com seus amigos para que pudesse se sentar com as costas voltadas para o movimento. No entanto, depois da troca de lugares, Papa ficou inquieto por já não poder ver o local, não poder ver os olhos dos desconhecidos sobre ele, embora soubesse que o estavam observando, e que, desses desconhecidos, vários eram agentes do FBI, cujos rostos andara vendo por Ketchum desde o inverno anterior. (Papa tinha razões para suspeitar que alguns de seus antigos amigos-escritores-que-se-tranformaram-em-inimigos o tinham denunciado ao FBI como um agente comunista. Precipitadas cartas acusatórias datilografadas que ele enviara a seus inimigos haviam sido repassadas ao FBI, um erro terrível da parte de Papa que ele não suportava reconhecer.) Papa não conseguiu comer seu *T-bone steak*, estava muito abalado. Precisou ir com urgência ao banheiro porque sua bexiga se contraía e doía e o que Papa mais temia era sentir a urina pingando por sua perna, vinda do pobre pênis lacerado que pendia inútil entre suas coxas enrugadas. De algum jeito aconteceu, a caminho do banheiro, ajudado pela mulher e pelo proprietário do Eagle House, que conhecia Papa e o admirava, viu-se cercado de estranhos sorridentes que visitavam Idaho, vindos do extremo leste, e lhe foram empurrados guardanapos para que assinasse, mas Papa se atrapalhou com a caneta, se atrapalhou com os malditos guardanapos, amassou-os e os atirou ao chão. Depois disso, começou a chorar lá fora, no estacionamento, na *picape*, a mulher estava dirigindo, a mulher ousou segurar os pulsos de Papa que os esfregava contra os olhos, olhos que vertiam lágrimas e a mulher disse que ele ficaria bem, que ela o estava levando para casa e ele ficaria bem e a mulher disse *Você não acredita em mim, Papa?* E Papa sacudiu a cabeça sem dizer nada, em profunda tristeza porque estava além de toda fé ou até mesmo de uma pretensa fé.

A mulher disse *Tantas pessoas amam você, Papa. Por favor, acredite!*

Então, ele saiu de casa pela porta dos fundos, cambaleando; Papa estava ansioso para ficar ao ar livre, longe da casa que era sua prisão, onde a inspiração não lhe surgia. Não tinha certeza da data exata, mas achava que era um domingo, no começo de julho de 1961. Seu 62º aniversário assomava à sua frente com o cume gelado até mesmo no verão.

Encontrara sua bengala, uma de suas bengalas. Ajudava andar com uma bengala. A caminhada diária de Papa. Às vezes, duas por dia. Papa era conhecido na região por sua caminhada de quase um quilômetro pela Rota 75. Um homem velho, mas vigoroso. Um homem velho, mas obstinado. Um homem velho que comprara o pavilhão de caça do milionário nos arredores de Ketchum, onde pairava uma maldição.

Que maldição? Você é tão idiota.

Ser idiota é minha ocupação. O Inferno é meu destino.

Maldita subida para o cume da colina, para o lugar do túmulo. Os lábios de Papa se contraíram, sua vingança seria essa subida, os carregadores do caixão forçando suas costas, se arriscando a ter hérnias.

 O sol não estava à vista. Papa não tinha certeza de que fosse verão. Vestia uma camisa de flanela, de um xadrez preto e vermelho, abotoada a esmo. Usava um boné de tecido porque detestava a sensação do ar frio na coroa de sua cabeça, onde seu cabelo rareava. O sol não estava à vista, apenas uma luminosidade branca através de meadas de uma rápida e inconstante névoa suspensa. Além dessa névoa parecia não haver céu.

 Seus olhos fracos e lacrimosos não conseguiam vislumbrar as montanhas à distância, mas ele sabia que elas estavam lá.

 Parou no lugar da sepultura. Respirou profundamente, ali havia paz. Um lugar de beleza e solitude. O mundo esfrega sua merda na maioria das coisas, mas ainda não espoliou as montanhas Sawtooth. Viu que uma das pedras pesadas que pusera para assinalar o túmulo estava a vários centímetros fora do lugar e seu coração escoiceou de medo e fúria. Seus inimigos conspiravam para atormentá-lo até a loucura, mas ele não sucumbiria.

 O que acontecera em casa, quando a mulher gritou com ele com sua voz de harpia. Ele não deixaria que o perturbasse.

 Porque o lugar da sepultura era *seu lugar*. Ali havia pureza e santidade, dentre todos os lugares do mundo.

 Era raro; Papa e a mulher já não saíam com amigos como tinham feito na noite anterior. Porque Papa não confiava em seus chamados amigos, que antes de tudo eram amigos da mulher. Agora era mais difícil haver hóspedes em Ketchum. Você não tinha tempo, energia e paciência para a estupidez de bancar o anfitrião. Basta de entrevistadores. Basta de "jornalistas literários" com olhos vagos. Chega de parasitas. Porque já havia parasitas suficientes na família de Papa, ele não precisava de parasitas, além de sua família. Grande parte da enorme casa estava vazia, desocupada. Havia quartos fechados. A compra da casa em Ketchum tinha sido ideia de Papa e não da mulher, mas ele achava que ela o tinha manipulado para efetivar a compra e tê-lo só para si. A mulher era uma harpia, tinha um bico. Aquela coisa entre as pernas dela, dentro da maciez de sua boceta, era um pequeno bico horroroso. Não eram necessários tantos malditos quartos quando uma família não tem crianças. A mulher tinha aludido a crianças, queria ser uma rival vitoriosa sobre as ex-mulheres de Papa que haviam lhe dado filhos. Agora a mulher estava velha demais, seu útero havia encolhido, seus seios pendiam em sua caixa torácica. Papa teria seus filhos com Gretel ou com Siri. Mas Papa tinha crescido em uma casa vitoriana de cinco quartos, em Oak Park, Illinois, cheia de crianças porque a sra. Hemingstein tinha sido uma porca reprodutora que devorara seus filhotes.

Mummy-Grace! Papa gostava de pensar que Mummy-Grace estava debaixo da terra, em um cemitério cristão em Memphis, Tennessee, e não poderia sair dali. Como Papa ficara satisfeito ao ganhar o Prêmio Nobel, em 1954, porque Mummy-Grace havia falecido em 1951 e não estava viva para se regozijar, e vangloriar, e para dar entrevistas recatadas nas quais a mãe do renomado escritor falaria com uma censura velada sobre seu filho gênio. Mummy-Grace escolheu saber pouco sobre a vida de seu filho gênio, nem mesmo sobre seu paradeiro atual, a não ser que essa notícia tenha se espalhado no Inferno.

Papa riu uma risada que vinha das entranhas; não se surpreenderia se seu nome fosse conhecido no Inferno e que lá seus mais ardentes admiradores estivessem esperando por ele.

Continuou caminhando. Andava usando sua bengala. O dia ia se aquecendo aos poucos. Sua mente trabalhava rapidamente. Parar ao lado da sepultura trouxe-lhe esperança como sempre. Continuaria a subir aquela colina durante vários minutos e, então, no seu topo, procuraria a trilha tênue recoberta de mato, que circundava a colina em sua descida. Agora a gravidade aliviaria a pressão no seu coração e nas suas pernas, depois a estrada local até a rodovia estadual e, então, de volta para casa. Ele não queria voltar para casa, mas não havia alternativa.

Antes que a mulher gritasse com ele da escada, havia vivido um momento doloroso no banheiro. Redemoinhos de sangue do seu ânus, pequenas bostas sanguinolentas como estilhaços. O pus chegara a seus intestinos. Muito provavelmente estava sendo envenenado. A água do poço que viera com aquela propriedade amaldiçoada. A mulher tinha todas as oportunidades para misturar grãos de arsênico em sua comida. Logicamente, a mulher descobrira o frasco prateado que ele carregava no bolso. Ele estivera imaginando o que teria acontecido com a pistola Long John de seu pai. Aquela arma de fogo grosseira! Um artefato da Guerra Civil. Talvez ela estivesse com seu irmão, Leicester. Eles tinham brincado, Papa e seu irmão mais novo, sobre o bom uso que se podia fazer de uma arma. O próprio Papa não iria querer usá-la porque era uma arma muito rudimentar para os padrões modernos. E você seria um idiota displicente se arriscasse uma única bala na cabeça, mesmo que seu alvo estivesse firme.

Desde que voltara de Minnesota, a mulher mantivera o armário das armas trancado e a chave escondida, mas agora, mais recentemente, andara deixando a chave em um parapeito da janela da cozinha.

Dizendo: é preciso confiar em um homem. Um homem tem que ser respeitado em sua própria casa. Um homem como Papa, que cresceu em meio a armas.

Ele levara a chave, fechando seus dedos trêmulos em torno dela.

Da escada a mulher gritou para ele *Papa não!*

O posicionamento da espingarda. O ângulo da boca. É preciso apoiar o cano firmemente em um carpete, não no chão de madeira, para evitar que escorregue. Ele se sentaria em uma cadeira de espaldar alto. Ele se sentaria em uma cadeira de espaldar alto na sala de visitas em frente à grande janela de vidro que dava para as montanhas. A sala tinha um teto alto com traves de carvalho e paredes revestidas da mesma madeira, cobertas com troféus de animais e fotografias de Papa com suas presas mortas a seus pés. Era um local exposto às correntes de ar, mesmo no verão, com uma sólida lareira de pedra habitada por aranhas e um conjunto de móveis de couro que tinham vindo com a casa, que peidavam e suspiravam com intenção gozadora quando se sentava neles.

Era crucial inclinar-se ao máximo para frente. Apoiar o queixo firmemente na boca da arma ou colocar o cano na boca ou, de um jeito mais complicado, pressionar a testa nivelada contra a boca da arma, enquanto com o dedão nu se procura o gatilho e se exerce pressão suficiente para puxá-lo, mas não com tanta pressão que a arma se desloque e sua boca deslize, fazendo com que o tiro detone apenas parte da sua cabeça e estrague o maldito teto.

Depois da ofensiva austríaca, ficara perplexo ao descobrir que o corpo humano podia ser explodido em pedaços que se arrebentavam não ao longo das linhas anatômicas, mas divididos com o mesmo capricho que a fragmentação do estouro de uma granada altamente explosiva. Ele ficara ainda mais atônito ao descobrir corpos femininos e partes de corpos em meio ao entulho em combustão de uma fábrica de munições que explodira. Longos cabelos escuros, nacos de escalpo sanguinolento grudados. Ele tinha dezenove anos. Isso aconteceu em 1918. Era um trabalhador voluntário da Cruz Vermelha. Tinham lhe dado a patente de tenente. Mais tarde fora ferido por estilhaços de bomba. Outros morreram perto dele, mas não ele. Duzentos pedaços de estilhaços em sua perna, pés. Deram-lhe a medalha do "valor militar". Tinha de supor que aquele era o ponto alto de sua vida aos dezenove anos com a ressalva de que o restante de sua vida esperava por ele.

A mulher gritou *Papa não!* lutando com ele pela arma. Ele a empurrou com seu cotovelo, apontou os canos para ela e seu olhar foi antes de tudo de descrença, mais até do que de medo e pânico animal. Porque essa era a brincadeira cruel, nenhum de nós espera realmente morrer. Eu não! *Eu* não. Mesmo as criaturas cujas vidas são um esforço incessante para não serem devoradas pelos predadores lutam desesperadamente por suas vidas. Poder-se-ia pensar que a natureza as tivesse equipado com a resignação melancólica do estoicismo, mas não é assim. Os guinchos de terror e pânico animal são terríveis de se ouvir. Os guinchos das mulas em Esmirna, onde os gregos quebraram suas patas dianteiras e se livraram delas em águas rasas para morrer. Tais gritos, Papa pode ouvir à noite, em Ketchum. Os gritos dos feridos, animais abatidos por suas peles maravilhosas, suas cabeças, presas e chifres como troféus. Abatidos por causa do infinito prazer contido na caça. Em sua vida de caçador ele matara veados, alces, gazelas, antílopes, impalas, gnus, elandes, cobos, cudus, rinocerontes; matara leões, leopardos, chitas, hienas, ursos pardos. Em todos eles, a morte fora uma batalha. A excitação do caçador com a matança tinha sido feroz e francamente sexual como a mais selvagem das cópulas e ele se lembrava, agora, com admiração em seu corpo alquebrado, como fora capaz de tais atos. Parecia estar arrebatando vida do ar pesado. Devorando a vida com suas mandíbulas poderosas. No entanto, os gritos agonizantes dos animais tinham se alojado profundamente dentro dele, coisa que não percebera na época. Não conseguia expelir aqueles fôlegos exalados, agonizantes, dos animais em seus pulmões. Porque a respiração dos agonizantes tinha passado para o caçador e o caçador carregava com ele o espírito da respiração de todas as criaturas que matara em sua vida, desde os primeiros anos matando esquilos negros e galos silvestres ao norte de Michigan sob a tutela de seu pai; e a morte de seu pai também era parte da maldição.

Sempre levava uma mulher nos safáris. Depois da excitação da matança, era necessária uma mulher. Eram necessários uísques, comida e uma mulher. A não ser que se estivesse bêbado demais para uma mulher.

Andando pelo bosque acima de Ketchum, à merda que iria pensar *nisso*.

Naquele lugar de beleza. Sua propriedade. Ele não queria ficar agitado. Preferia interpretar a necessidade de beber como uma vontade de beber. Era uma escolha, as escolhas são feitas livremente. No bolso de trás de sua calça levava o frasco de prata cheio de uísque Four Roses; seu peso era um conforto. Naquela caminhada, parou para pegar o frasco, abrir a tampa e beber; e o velho prazer do calor do uísque e sua promessa de exaltação raramente o decepcionavam.

Durante muito tempo ele carregou uma navalha de um só gume em uma bainha de couro, dentro do bolso. Você faz o corte atrás da orelha e arrasta a lâmina rapidamente, com precisão, através da grande artéria, a carótida. A navalha fora comprada na Espanha, na época da Guerra Civil, porque era a maneira mais prática de se suicidar. Tinham lhe garantido que a morte viria em segundos e que tal morte, se autoinfligida de um jeito adequado, não envolveria dor. Mas ele não confiava plenamente nisso. Não testemunhara ninguém morrendo dessa maneira e não acreditava na pretensa facilidade. E o aspecto de um sangramento rápido era duvidoso: com certeza, você não morreria antes de perceber a enormidade do que fizera, e que aquilo era irreversível, e você não morreria sem presenciar uma perda de sangue torrencial, e naqueles terríveis segundos perscrutaria na borda do mundo o abismo da eternidade como o acuado cão vadio na mais horrível das pinturas de Goya.

Não suportaria isso, a simples contemplação. Bebeu de novo. O uísque lhe servia de conforto. A palavra inglesa *spirits* é a verdadeira palavra para os álcoois; você se infunde do espírito que se esvaiu de você.

Seus bolsos traziam pílulas e drágeas soltas. Não tinha a mínima ideia do que seriam. Analgésicos, barbitúricos. Pareciam velhas. Fiapos de tecido estavam grudados nas pílulas. Quando se está desesperado, engole-se o que estiver à mão, mas Papa ainda não estava desesperado.

Gansos passavam ao alto, em uma formação em V, golpeados pelo vento. Pareciam ser gansos canadenses, cinza com sinais pretos e largas e potentes asas propulsoras. Os estranhos e lúgubres grasnados rasgaram seu coração. As grandes asas propulsoras cinza e pescoços projetados. Por algum tempo ficou com o pescoço estendido, contemplando os gansos. Os gritos das aves se confundiam com o pulsar retumbante do seu sangue. Não conseguia se lembrar se, no último momento, a mulher gritara. A repreensão lamurienta da voz feminina; em sua memória, a voz da buldogue Mummy era a mais vívida. A mão da mulher levantou-se debilmente para repelir a explosão de chumbo a uma distância de menos de dois metros. Dava para rir de tal esforço e da expressão de incredulidade, mesmo quando o dedo dele puxou o gatilho. *Eu não! Eu não.* O coice da espingarda era maior do que ele se lembrava. A detonação foi ensurdecedora. Instantaneamente, o corpo macio da mulher voou de encontro à parede, uma explosão de sangue no peito, na garganta, na parte inferior do rosto e o que restava do corpo indo suavemente ao chão com o sangue escorrendo. Instintivamente, recuou para que a poça que se formava com rapidez não chegasse a seus pés descalços.

Olhou para baixo: seus pés não estavam descalços, mas com botas. Usava suas botas de caminhar, gastas, de couro, compradas em Sun Valley anos atrás. No entanto, não se lembrava de ter perdido tempo calçando as botas ou vestindo aquela camisa, a calça folgada. Aquele era um bom sinal, não era? Ou um sinal não muito bom?

Pela estrada de serviço do bosque, foi dar na Rota 75. A mulher não gostava que Papa "vagasse" pelo bosque. Não gostava especialmente que Papa "fizesse um espetáculo de si mesmo" na rodovia. O que trazia alegria ao corpo alquebrado do velho Papa ali em Ketchum, era invejado pela mulher em seu coração. Ele explodira o coração. Riu com amargura, havia justiça naquilo.

Eram quase 7h30 da manhã. Ele andava pelo acostamento da Rota 75. No rastro da passagem de um caminhão carregado de madeira, seu boné quase voou. Sentiu que o vento poderia desequilibrá-lo, se não se endurecesse contra ele. Tinha o costume de andar de encontro ao tráfego porque precisava ver o que se aproximava dele, passando ao seu lado numa distância de poucos metros. Caminhões, peruas, motoristas locais, ônibus escolares. Às vezes, tanto na caminhada matinal, quanto na vespertina, Papa via os ônibus escolares cor de cenoura do distrito de Camas passar ventando por ele e, sem querer trair sua ansiedade, levantava a mão em saudação como se estivesse abençoando-o. Prendia a respiração contra o terrível mau cheiro da exaustão e sorria para os rostos borrados das crianças nas janelas traseiras porque tais momentos traziam uma felicidade inocente. Sorrir para os filhos de estranhos, cujos rostos não podia enxergar com clareza, ver a si mesmo refletido naqueles olhos como um velho de cabelo e barba brancos que se conduzia com dignidade, embora andasse com bengala, um velho sobre quem os adultos lhes diziam *Aquele é um homem famoso, um escritor, ele ganhou o Prêmio Nobel*, lhe dava prazer porque era preciso haver algum prazer naquilo, algum orgulho. Assim, ele antevia os ônibus escolares e tentava programar suas andanças de forma a coincidir com a passagem deles e ao surgirem os veículos cor de cenoura, na mesma hora, a coluna de Papa se endireitava, mantinha sua cabeça levantada, seu rosto franzido relaxava. Pensava *Eles se lembrarão de mim por toda a vida.*

Mas hoje não havia ônibus. Lembrou-se vagamente de que era domingo. Como ele detestava os domingos e os sábados! Não deixaria seu estado de espírito se abater. Andava se sentindo bem, otimista. Não deixaria que a maldita mulher estragasse essa sensação. Havia obviamente menos veículos na rodovia para Ketchum, muito menos caminhões. Carros que levavam pessoas à missa, era o que se supunha. Em alguns desses carros havia crianças para observá-lo, sorrir e acenar para ele, mas Papa já não estava no clima. Papa estava mancando, resmungando consigo mesmo. Papa estava alisando o protuberante fígado-sanguessuga na região dorsal. Tinha secado o frasco, não restava nem uma gota de Four Roses. Papa estava se sentindo muito cansado. Fragmentos de vidro, estilhaços alojados muito profundamente dentro do seu corpo para que pudessem ser removidos cirurgicamente estavam abrindo caminho para a superfície da pele, motivo pelo qual ela coçava tanto. Sua saúde debilitada era uma piada para ele. Com o rosto impassível, o neurologista lhe diz inflamação do cérebro, além do "encolhimento" do córtex cerebral. Você não poderia acreditar em nada disso, os filhos da puta lhe disseram coisas para assustá-lo, para rebaixá-lo ao nível deles.

Maldição, ele não podia suportar aquilo, não podia voltar para aquela vida.

De repente, ele estava na rodovia. Ficou no caminho de um carro de polícia que vinha vindo. Os olhos fracos de Papa não conseguiam distinguir aqueles veículos brancos reluzentes com a inscrição em verde XERIFE DO DEPTO. DE CAMAS COUNTY que atravessavam como abutres a superfície da Rota 75, nos arredores de sua propriedade. A viatura derrapou, brecando até parar para não o atropelar. Rapidamente desceram dois policiais. Eles o reconheceram, Papa percebeu. Ele estava tentando explicar a eles o que acontecera na casa naquela manhã. Foi ficando excitado, começou a gaguejar. Aconteceu um "acidente com arma de fogo". Ele tinha "machucado" sua esposa. Estava segurando uma espingarda, ele disse, e ela tentara tirá-la dele e durante a luta a arma tinha "descarregado" e o tiro a tinha atingido no peito "cortando-a em duas". Cautelosamente, os agentes se aproximaram de Papa. O tráfego da Rota 75 ficou mais lento, com motoristas abrindo um amplo espaço em torno do carro de polícia, que bloqueava parcialmente a pista para o sul. Papa viu que nenhum dos policiais tinha sacado sua arma. Ainda assim, se aproximavam dele em ângulo, alertas e preparados. Perguntando se estava armado e chamando-o de *senhor*. Perguntando se ele teria algo contra ser revistado e chamando-o de *senhor*. Em parte, Papa se sentiu amolecido pelo respeito dos jovens agentes por ele. Estava agitado, mas não resistiria. Um dos agentes o revistou, apalpou-o rapidamente até embaixo, descobriu em seu bolso traseiro o frasco de prata vazio, mas não o confiscou. A próxima coisa de que Papa se deu conta foi a de estar sendo levado para o banco de trás da viatura. Deixara cair sua maldita bengala, um dos policiais a traria. No banco de trás da viatura, atrás de uma grade protetora de metal, Papa se sentou entorpecido, inseguro quanto a onde estava. A pulsação em seus ouvidos estava alta, dispersiva. A pulsação de seu coração, que batia forte e vacilante como punho dentro de sua caixa torácica. O caminho era curto até o desvio da entrada pedregosa de Papa e, com um ligeiro toque de satisfação, Papa pensou *Eles sabem onde eu moro, eles andaram me seguindo*.

O caminho até a casa tinha quatrocentos metros. Os pinheiros de ambos os lados eram grossos. O próprio Papa colocara numerosos avisos de NÃO ENTRE, PROPRIEDADE PRIVADA, ENTRADA PROIBIDA. Assim que a viatura parou na entrada abaixo da casa, a mulher apareceu no deque do primeiro andar. Usava um penhoar, seu cabelo loiro-grisalho se agitava com o vento. Os agentes perceberam de imediato que ela não era jovem. Sua pele estava muito pálida. Seu rosto, intumescido. Sua cintura era grossa. Deveria ser da idade da mãe deles. Ela falou com os agentes com frases curtas e abreviadas. Um deles ajudava Papa a sair do carro, à maneira que se deve ajudar um homem idoso, segurando seu braço com firmeza e o chamando de *senhor*. Papa se sentiu agradecido, os jovens eram respeitosos com ele. Na verdade, isso é tudo que se quer, ser tratado com respeito. Sentiu uma pontada de simpatia pelos jovens na casa dos vinte como ele já tivera. Havia um companheirismo não expresso em tais homens; Papa fora expelido daquela camaradagem e sentia agudamente a perda. Nunca compreendera a perda, tudo que lhe fora tomado. A mulher desceu a escada do deque para segurá-lo pelo braço, mas ele resistiu a ela. Lágrimas de sobressalto e exasperação brilharam em seus olhos. Seu rosto estava enrugado, mas se podia ver a beleza fanada de menina dentro da outra. No entanto, seus lábios tinham perdido sua carne como se ela a tivesse sugado. Em uma voz clara, a mulher agradeceu aos policiais por terem trazido seu marido para casa. Seu marido não estava bem, disse a eles. Seu marido estivera hospitalizado recentemente, estava se recuperando. Agora, ele ficaria bem. Agora, ela cuidaria dele. Os agentes perguntaram à mulher sobre armas e prontamente ela lhes assegurou que todas as armas dele estavam trancadas. Papa virou as costas com desgosto. A mulher e os agentes continuaram a falar de Papa como se ele não estivesse lá, ele sentiu o insulto, entraria em casa sem ajuda. Não precisava da maldita bengala. Não a escada, ele não se arriscaria na escada do deque, entraria na casa pelo andar de baixo. A mulher continuou a falar com os agentes, atribuindo-se importância. Riu com tristeza e voltou a explicar que seu marido era um homem muito importante, mas transtornado, com problemas médicos que estavam sendo tratados, o principal era que cuidaria dele, sentia-se grata pela gentileza dos policiais em trazer seu marido para casa, mas agora eles podiam ir.

"Senhora, tem certeza?", eles perguntaram.

Sim! A mulher tinha certeza.

Papa bateu a porta às suas costas, tinha ouvido o suficiente. Esperava por alguns minutos de paz, antes que a mulher viesse atrás dele.

Notas

"Poe Póstumo; ou O Farol" foi sugerido pelo manuscrito de uma página intitulado "The LightHouse", encontrado entre os papéis de Edgar Allan Poe após sua morte em 7 de outubro de 1849, em Baltimore.

"EDickinsonRepliLuxe" provém, de maneira geral, da poesia e das cartas de Emily Dickinson e, visualmente, das fotografias de Jerome Leibling em *The Dickinsons of Amherst* (2001).

"Vovô Clemens & Peixe-anjo, 1906" é um trabalho de ficção extraído, em parte, de passagens de *The Singular Mark Twain*, de Fred Kaplan; *Mark Twain's Aquarim: The Samuel Clemens-Angelfish Correspondence 1905-1910*, editado por John Cooley; e *Papa: An Intimate Biography of Mark Twain by his Thirteen-Year-Old Daughter Suzy*. (Ao morrer em abril de 1910, aos setenta e cinco anos, Samuel Clemens deixou uma única filha, Clara, que acabou se casando e tendo uma filha, a única descendente de Clemens, que se suicidou em 1964.)

"O Mestre no Hospital São Bartolomeu, 1914-1916" é um trabalho de ficção extraído, em parte, de passagens de *The Complete Notebooks of Henry James*, editado por Leon Edel e Lyall H. Powers; e *Henry James: A Life*, de Leon Edel.

"Papa em Ketchum, 1961" é um trabalho de ficção sugerido por passagens de *Hemingway*, de Kenneth S. Lynn, e "A Natural History of the Dead", de Hemingway, brevemente citado.

Este livro foi composto em Sabon MT
para Texto Editores Ltda.
em agosto de 2010.